光文社文庫

妃《きさき》は船を沈める
新装版

有栖川有栖

光　文　社

Contents

はしがき

「第一部　猿の左手」の中で、怪奇小説の名作として誉《ほま》れ高いウィリアム・W・ジェイコブズの短編『猿の手』のストーリー全体に言及していることをお断わりしておく。有名な作品ではあるが、未読の方も大勢いらっしゃるはずなので、ご留意いただきますように。それをお伝えするために、あとがきではなく、はしがきにした。言い換えると、同短編をお読みでない方も、本書を読むのに差し支《つか》えはない。

作中、『猿の手』の解釈を巡って、登場人物らがちょっとした論議を戦わせる。これは、北村薫《きたむらかおる》氏と私の間で、実際にあったことだ。それがきっかけとなって思いついたのが、『猿の左手』という物語。問題の論議を自作に織り込むにあたっては、北村氏の了解を得ている。ただし、作中の有栖川有栖の見解と、作者である有栖川有栖の見解とは一致しない。はっきりと書いてしまうと、火村英生《ひむらひでお》が唱えているのが私の説だ。その正否はさておいて、小説の書き手としても読み手としても常日頃から敬服している北村氏と愉快極まりない『猿の手』談義を交わすことができたのは幸福と言うしかない。ミステリ作家になってよかった。

『猿の手』には複数の訳が流布しているが、作中で引用したのは、森英俊《もりひでとし》・野村宏平《のむらこうへい》編『乱歩の選んだベスト・ホラー』（ちくま文庫）所収の倉阪鬼一郎氏の訳文である。

本書は、犯罪学者・火村英生を探偵役とするシリーズの第八長編になるのだが、これまでとは違った形で書き上げた。その経緯について記したい。「待て、これは長編なのか？　雑誌に発表した中編を並べただけだろう」と疑問に思った方も、しばしお付き合いを。

前記のとおり、北村氏との『猿の手』談義から着想を得て、「ジャーロ」誌の二〇〇五年秋号に書いたのが『猿の左手』という中編だ。もとの論議からかなり遠くまでジャンプできたと思うのだが——評価を下すのは作者ではない。書き上げた時点では、いずれ中短編集に収める独立した作品だとしか思っていなかった。

ところが、その二年後にまた「ジャーロ」誌から中編の依頼を受けた際、予期せぬことが起きた。『猿の左手』の後日談を思いついてしまったのだ。まったく別個の物語を練っているうちに、『猿の左手』に登場した人物がひょっこり顔を出した、という方が正確か。街角ですれ違い、もう会うことはないと思っていた人物と、歩いているうちに再会したような気がした。

そうして書いたのが、「ジャーロ」誌の二〇〇八年冬号と春号に分載された『残酷な揺り籠』である。執筆を開始するなり、「この作品と前の作品をつなげたら長編になるのではないか。それがあるべき形では」という感触を摑《つか》んだ。これは長編の後半なのだ、と思いながら書いたため、こちらだけを読んだ読者には、幕切れ近くで火村が投げる言葉が唐突に感じられたかもしれない。長編としてまとめてお読みいただければ、違和感はないだろう。

長編として形を整えるにあたり、「幕間」を書き足した。派手な事件を起こさずに、二つの物語を接続している。この小説の底には、もの哀しい歌が流れているように思えたので、そのイメージに近いものを探しているうちに、アマリア・ロドリゲスの名曲が思い浮かんだ。ポルトガル本国よりも日本で人気が高い歌らしい。西川牧子《にしかわまきこ》氏の訳詩を引用させていただいた。

最後まで思案したのは、長編としての題名だったが、これも前述の歌のイメージを借りた。名づけてみると、最初からこのように題される物語だったように思えてくる……のは私だけか？

前置きが長くなってしまった。

この本ができるまで多くの方のお世話になっている。そのほとんどは（これから本書を読み、作品を完結させてくれる貴方を含めて）お目にかかったことのない方々だ。お名前を知らないまま、感謝を捧げたい。

お名前の判っている方もいる。

創造の種を蒔いてくださった北村薫氏、美麗な絵で表紙を飾っていただいた牛尾篤《うしおあつし》氏、初出時にお手を煩わせた「ジャーロ」編集部の北村一男《きたむらかずお》氏、単行本をご担当いただき、あれこれ相談にのってくださった鈴木一人《すずきかずと》氏、ありがとうございます。

二〇〇八年六月十九日

有栖川有栖

追記

文庫化にあたり、担当編集者としてお世話になった萩原健《はぎわらけん》氏、「物語を感じさせる装丁」をしていただいた大路浩実《おおじひろみ》氏、作者がとても気に入っているタイトルをもとに素晴らしい解説をお書きくださった西澤保彦《にしざわやすひこ》氏に篤く御礼申し上げます。

※文庫初刊時のはしがきを再録いたしました。

第一部　猿の左手

1

しまった、バランスを崩した、と思った次の瞬間、ゴムボートは転覆し、真っ青な空が視野いっぱいに広がった。

悲鳴をあげる間もなく海に投げ出され、不用意に開いた口から塩辛い水が入ってくる。鼻からも水を吸い込んだため、つんとした痛みが脳髄にまで達した。

……溺《おぼ》れる。

肺の中の空気をすべて吐き出してしまい、大量の泡が顔のまわりを包んだ。両腕で懸命に水を掻《か》き、両足で水を蹴ると、わずかに体が浮上したようだが、すぐにまた降下してしまう。

……溺れる、溺れる！

沈めば、じきに足が底に着く。そうすれば力いっぱい砂地を蹴って浮上できる、という期待は虚《むな》しかった。足の下には何もなく、どこまでも体は落ちていく。調子に乗って、かなり水深があるところまで漕ぎだしていたのか。あるいは、このあたりが急に深くなっているのか。浜辺から随分と離れたところでも、大人が立って歩けるほど遠浅の海だったはずなのに。

……助けて！

死に物狂いでもがき、頭上を仰いだ。陽光を反射する水の面《おもて》。その夢のように美しい縞模様が、みるみる遠くなり、自らが吐いた気泡だけが光に向けて昇天するのを眺めながら、彼は恐怖と絶望と苦痛で意識を失いかけていた。

……死にたくない、死にたくない！

浮かび上がるどころか、邪悪な何者かの手が海底から伸び、彼の足首を摑んで引き寄せているかのようだ。

……死ぬ。ここで僕は死ぬ！

「誰か――」

水中なのに声が出た、と思ったところで、目が覚めた。見慣れた寝室の天井が、顔の上にある。

悪夢だった。全身に汗をかいており、呼吸が乱れていた。脂汗《あぶらあせ》で濡れた額《ひたい》に、そっと手が差し伸べられる。

「潤《じゅん》ちゃん。どうしたの？」

心配そうな女の声。彼は、乾いた唇をひとなめしてから答えた。

「何でもないよ、ママ。嫌な夢を見ただけだから。大丈夫」

ガウンを羽織ったママは、ベッドの上に体を起こした彼の頭を抱えて、優しく撫《な》でた。大袈裟で鬱陶《うっとう》しいと思いながらも、彼女のしたいままにさせる。そうするのが一番だと知っていたから。

「呻《うめ》き声が隣の部屋まで聞こえたから、びっくりしたのよ。おお、どんな怖い夢を見ていたの？　さぁ、ママに話してみなさい。そうすれば楽になるから」

ママの胸をそっと押して、微笑を返す。

「もう平気だよ。溺れた時の夢を見ただけだから」

「海でゴムボートが引っ繰り返った時のこと？　よほど恐ろしかったのね。七歳の時のことをまだしつこく夢に見るなんて、根の深いトラウマね。私が聞いただけでも、これで三回目よ。おお、汗びっしょりで、本当に海から上がってきたみたい」

大きな口が、ぱくぱくとよく動く。呆《あき》れ顔のママに、彼は詫《わ》びた。心配させたら、ごめんなさい。絶対に守らなければならない鉄則だ。そして、謝られることでママは快感を覚える。

「今、何時？」

西向きの窓はまだ暗いが、それでも微《かす》かに朝の気配が漂っていた。ママは「五時よ」と答える。

「早いけど、もう起きようかな」

眠りに戻ると、また悪夢が待ち構えているようで怖かったのだ。

「水を飲んでくる」

ベッドから下りて、ダイニングキッチンに向かった。ママの視線を背中に感じた。振り返って、「あんたはもう寝ろよ」と怒鳴りたくなるのをこらえる。

冷蔵庫からミネラルウォーターのペットボトルを出し、喇叭《らっぱ》飲みしていた。苛立《いらだ》ちをぶつけるかのように、ごくごくと喉を鳴らして呷《あお》る。

合成樹脂のボトルに収まった一・五リットルの水は、生命の源だ。渇いた体に摂《と》り込めば、こんなにうまい。それなのに、こいつが何千倍、何万倍の量になると、恐ろしくてたまらない。ボトルを目の高さに持ち上げて揺すると、透明な器の中に小さな嵐の海が出現したかのようで、息苦しくなり、長くは見つめていられなかった。

ママがやってきた。自分も喉が渇いた、と言うので、飲み残しを渡す。放っておいてはくれないらしい。

「嫌な記憶は消えないものね。人間って不便だわ。思い出したくないことは、みんな頭の中から箒《ほうき》で掃き出せたらいいのに」

「そんな虫のいい話はないよ。魔法の箒があったとしても、何を掃き出したらいいのか判断がつかないだろ。いい想い出なのか悪い想い出なのか、自分でも選《よ》り分けられないんだから」

「夢に出てきて、自分を苦しめるような記憶だけでも消せればいいじゃない」

グラスに注いだ水を飲み干したママは、いともあっさりと言った。あいかわらず複雑な思考とは無縁だ。考えても判らないことは考えず、それは考える必要がないことなのだ、とみなす。

「迷うことなく『これはいらない』という記憶が、いくつかあるでしょ？」

あるが、消してしまえるわけもないし、もしそんなことができるとしても、本当に記憶を葬《ほうむ》ったりしたら、別の不幸が用意されているかもしれない。

「つらくなったら、あれを使ってもいいわよ。あなたのためなら、使ってあげる」

ママは隣のリビングへ歩いていき、マントルピースの前で屈《かが》んだ。そして、奥の隠し金庫のダイヤルを合わせている。アレを取り出すつもりだ。

「あなたの願いなら、一つぐらいかなえてあげる。ケチでしょ、ママは。残りの二つは自分のために取っておかせてね。私がもらったものだから。私が使い終わったら潤ちゃんにあげるから」

くだらない、と声に出さずに叫んだ。

複雑な思考はできずとも、ママは頭が切れる。並はずれた直感と人間観察眼をフルに活用して、成功を収めてきた。それは大したものだと一目も二目も置くが、コレだけはいただけない。

ソレは、枯れた小枝のようなものだった。長さはせいぜい十五センチの黒ずんだ棒。近くで見ると薄灰色の毛が疎《まば》らに生えていることから、ただの枯れ枝や棒ではないことが知れる。一方の端は五つに分かれ、そのさらに先には爪の痕跡があった。

猿の手なのだそうだ。

小猿の手の干物。こんな小汚くて無気味なものを、よく手にとっていじれるものだ。幸運を呼ぶまじないが掛かっていると言われても、自分は御免こうむる。

「僕なんかのことは気にせず、ママが大事に使った方がいいよ。願い事を聞いてくれるのは、三回までなんだろ？　無駄弾は一発も撃っちゃいけない」

ママは、愛《いと》しそうに猿の手を見つめている。口許《くちもと》には微笑があった。

顔の半分ぐらいが口になったように見える。あれで、ぱくりと何でも食べてしまうのだ。呑み込まれ、養分にされた人間が何人いることか。

「そんなに簡単に言わない方がいいわよ。いつ、どんな願望を抱《いだ》くかも知れないんだから。明日になったら『ママ、それ貸して』はなしよ」

言うかよ。

「本当のことを言うとね、ママもちょっと怖いの。だって、これは願い事をかなえてくれるだけではないみたいだから……。薬と同じよ。きつい副作用があったら、あとで後悔するでしょ」

インドの行者の魔術と薬を一緒にしている。ものを言えば相手を侮辱してしまいそうで、彼は沈黙を守った。自制するばかりで、むかむかする。

「でも、使ってみないと、どれぐらい効くのかも判らないわね。第一の願い事は危険を避けて、ささやかなものにしましょうか。ソーセージを一本ちょうだい、なんて」

イソップ物語の本で読んだことがある。ある老夫婦が〈願い事を三つかなえてくれる魔法のランプ〉だか何だかを手に入れたはいいが、妻が深く考えずにソーセージを望んでしまうのだ。それを愚かと激怒した夫は、テーブルに出現したソーセージが妻の鼻にくっつくように願ったから、さあ大変。それが老婆の鼻に貼りついてしまった。最後は、ソーセージが鼻から取れるように願いましたとさ。

「いくら何でもソーセージはやめなよ。もったいない」

彼がつい反応すると、ママは口許を左手で隠しながら、ほほほと笑った。隠しても、隠しきれていなかったが。

「潤ちゃん、信じてるじゃないの。こんな迷信、お腹の中では馬鹿にしていると思っていたのに。素直な子よねぇ。だからママ、あなたが好きよ」

猿の手を奪い取って、ポキリとへし折れたらいいのに。

彼には、できないことだった。

2

「催眠術というのは、どれぐらい効くものなんでしょうかね」

助手席で鮫山《さめやま》警部補が言うと、ステアリングを操《あやつ》っている森下《もりした》刑事が唸《うな》る。

「学生時代に、特技が催眠術という奴がいました。生真面目《きまじめ》で、冗談を言ったり法螺《ほら》を吹いたりしないタイプの男なんで、試しに掛けてもらったことがあるんです。シベリウムの振り子とかいうんですよね。『あなたはだんだん眠くなる』って、五円玉を揺らしながら唱えるから……笑うのを我慢するので大変やったなぁ。ふっ」

「お前に訊《き》いてないわ」と警部補はつれない。「何を思い出し笑いしとる。火村《ひむら》先生と有栖《ありす》川《がわ》さんの意見を求めてるんやから、黙って運転しとけ。道、間違うなよ」

後部座席で聞いていると漫才みたいだ。

「どれぐらい効くか、というのは、術を掛けた相手にどれだけのことを強いるのが可能か、ということですね？」

火村英生《ひでお》の真面目くさった声が、漫才を止める。

「はい。『あなたは犬だ』と言って、四つん這《ば》いにさせるぐらいはできそうですが」

「テレビのふざけた余興でなら、そういう場面を見たことがありますね。そちらの方面は詳しくありませんが、術を掛けられた当人の心理的抵抗があまりに大きいことはさせられないでしょう。物理的な力ではなく、暗示なんですから」

犯罪社会学者にとっては専門外だから、火村助教授の見解はその程度だった。推理作家の私にしても、付け加えることがない。

「そうでしょうねぇ。『あなたは鳥だ。さあ、飛べ』と言って、相手をビルの屋上からジャンプさせることが可能だったら物騒でかなわない。『公衆の面前で服を脱げ』なんて言うのも、無理でしょうね」

私たちは警部補らとともに、ある犯罪現場に向かっているのだが、どうして催眠術の話題が出るのか判らない。火村が訊かないので、私が尋ねてみよう。

「今回の事件に催眠術が関係しているんですか？　たとえば、被害者が催眠術で操られていた形跡がある、とか」

「鋭いですね、有栖川さん」

鋭いも何も、そんなことでもなければ警部補が唐突に催眠術話をするはずがない。

「まさかとは思うんですが、ちょっとひっかかる点がありまして。そのへんについては、おいおいご説明します。――ああ、そこを右やぞ」

鮫山の指示に、森下は「刑事が現場へ行くのに迷うわけがありませんよ」と応《こた》えたが、実はしくじった前科があるらしい。彼の場合、方向音痴というよりも自信過剰が災いするようだ。

三十間堀川《さんじっけんぼりがわ》、天保山《てんぽうざん》運河を渡り、車は大阪港の第四突堤へと進んでいた。ずいぶんと淋しいエリアだ。築港《ちっこう》から海岸通を走るのではなく、通常の反対方向から突堤をめざしているので、よけいに荒涼とした印象である。造船所の長い塀、点在する倉庫と資材置場。生活の匂いは、どこにもない。

わざと遠回りをして現場に向かっているのは、被害者の車がこのコースをとったからだ。事件当夜、海岸通でガス管の補修工事があり、大勢の人間が作業をしていたため、問題の車がそこを通らなかったという証言が得られている。

午後一時でこれなのだから、深夜ともなれば淋しいどころではあるまい。歩くことはおろか、車で走るのすら極力避けたい。大都会の喧騒《けんそう》と接した〈地の果て〉だ。

「恐ろしそうなところでしょう」

私の思っていることを読み取ったように、鮫山が言う。

「ニューヨークに行ったことがありましてね」話が飛んだ。「あっちにいる親戚が結婚するというので、呼ばれて行ったことがあるんです。海外に行ったのは、生涯でその一度きりなんですけれどね。——その時、ナイトクルーズとやらで船に乗ったんですよ。分厚いだけでぱさぱさのステーキを食べ、マンハッタンの夜景や自由の女神を海から見物して、船を降りたのは十一時過ぎです。送迎バスでホテルに帰る途中で、こんなふうに淋しい道を通りましたよ。そうしたら、けばけばしい恰好をした娼婦があちらこちらに立っているやないですか。大したもんや、と感心しましたよ。どういう客とどんな形で商談が成立するのか知りませんが」

「はぁ、なるほど」と私は間の抜けた相槌を打つ。

「しかし、案外こういうところは危険でもないいんですね。なにせ人通りがないんやから、強盗も出没しません。物騒なのは繁華街や住宅地の死角で――」

「興味深いお話の途中ですが、現場に着きました」

教育係の警部補に搾《しぼ》られっぱなしの若手刑事は、そう言いながら速度をゆるめ、灰色の倉庫の角を曲がった。

犯行現場といっても、事件が起きたのは一週間も前のことなので、現在は捜査員の姿はなく、ただがらんとしていた。前方には、大阪南港《なんこう》のある咲洲《さきしま》へ架かった港大橋がある。水面から桁下《けたした》まで五十メートル以上あり、長さは九百八十メートル。なかなかの威容だ。行き交う車が豆粒のように小さく見えていて、この赤いゲルバー式トラス橋の大きさを再認識する。

車から出ると、六月初めの湿り気を帯びた風が吹き、私たちの髪を乱した。空は、朝からどんよりと曇っている。

「テレビのニュースでここの映像が流れていたし、さっき捜査本部で資料を拝見しましたけれど、やっぱり現場にきてみると感じが違うなぁ」私が印象を述べる。「昼間でもこんなに人気《ひとけ》がないんですね」

「景気の悪さも影響しているんでしょう。向こうを見てください」

鮫山は、対岸の人工島を指差した。咲洲のコンテナ埠頭だ。青や緑のコンテナが三段四段と積み上げられており、巨大なクレーンが並んでいる。

「ここから見えるだけでも八つのクレーンがありますが、ほとんどが鶴のように首を立てていますね」クレーンとは、そもそも鶴という意味だ。「水平になっているのは、コンテナ船のそばの二つ。あの二基だけが稼働中なんです。荷物が過少というか、コンテナバースが過剰というか……」

ここ第四突堤の第9号岸壁も、あまり仕事をしていないらしい。のみならず、犯罪に利用されるとは困ったことだ。

「こんなところ、用事がないから初めてです。暴走族やらドリフト族といった連中が暴れたりもするんですか？」

よく似合う眼鏡をはずして、レンズについた埃《ほこり》を拭き取りながら、警部補は「いいえ」と言う。彼らが好むのは〈観客〉の目がある場所だ。さすがに、こんな僻地《へきち》まで観にきてくれる物好きはいないのだ。悲しい色をした大阪の海を見にくるカップルもこない。暴走族すらこない。そんな岸壁から——一台の車が運転者もろとも海に落ちた。

「車は、ちょうどその位置から転落しました。チョークの印がまだ遺《のこ》っているところです」

鮫山が指したあたりには、なるほどチョークで様々な印が描かれていたが、ブレーキ痕などはなかった。車は、滑るように真っ暗な水面に落ちていったのだ。そんな情景が脳裏に浮かぶ。

「目撃証言によると、わずかにふらつきながら時速四十キロほどで走ってきて、すとんと転落したそうです。転落防止用に高さ十センチほどの障壁がありますが、簡単に乗り越えたんですね。ちなみに、目撃者がいたのは、あそこ」

北西の方角に突き出した第三突堤の第7号岸壁だ。直線距離にすれば五十メートルほどしか離れていないが、運河で隔てられているため、実際にあちらへ移動しようとしたら面倒だ。

「あんなところで夜釣りですか。好きな人は釣り竿を担いでやってくるんですね」

火村先生にフィッシングの趣味はない。案外、こういう気の短いところがある男には似合うと思うのだが。

「知りませんでしたが、あそこは密《ひそ》かな人気スポットらしくて、この季節、週末の夜はたいてい人がいるそうですよ。チヌを狙いにくるらしい。古来、大阪湾はチヌの海と呼ばれていました」蘊蓄《うんちく》が入った。「六月一日の夜、あそこで釣り糸を垂れていたのは五人。栄光《えいこう》銀行の釣り同好会のメンバーで、そのうち三人が一部始終を見たんです」

一部始終を見たといっても、深夜十一時のことであたりは暗かったし、五十メートルの距離があったから、何もかもを目撃できたわけではない。だから、警察の手を煩わせており、

〈臨床犯罪学者〉火村英生に捜査協力の依頼が回ってきたわけだ。

事件の概要はやかましく報道されているし、すでに警部補からの説明も受けていたが、現場であらためて聞くと、状況がより生々しく伝わってくる。

「自動車が海に転落するのを目撃した面々は、ただちに警察に通報します。水上警察署がここに到着したのは、十一時六分でした。車はすでに海面下に沈み、付近に人の姿はない。やがて消防の救助隊が駈けつけましたが、車は十五メートル下の海底に沈んでいたため、引き揚げるのに二時間半を要しました。銀行員たちは、その様子を対岸からじっと見守っていたそうです」

サルベージされたのは、やや型が古めの赤いスカイライン・クーペ。転落の際の衝撃でフロントガラスが破砕している他は、車体に目立った損傷はなかった。

「車内から中年男性一名が発見されますが、二時間半も海の底に沈んでいたんですから、とうに死亡していました。溺死です。身元は、所持していた免許証や名刺によって、市内都《みやこ》島《じま》区在住の盆野《ぼんの》和憲《かずのり》、四十四歳であることが判明。この段階では、事故か自殺の線が濃厚と思われたんですけれど、司法解剖の結果、不可解な点が見つかります」

盆野和憲の胃から、ベンゾジアゼピン系の睡眠薬が検出されたのだ。

「断定はできませんが、車が転落した時点で彼は眠っていたものと思われます」

眠りながら運転することはできないから、運転席には誰か別の人物が座っていたことになる。

「発見時、遺体は車内を漂っていました。転落した後、車外に出ようとしてシートベルトをはずしたのかもしれません。そして、窓から脱出しようともがいているうちに体が運転席を離れた、と見ても辻褄は合うんですが……。後部座席にいたようにも見えるんですよ」

「催眠術と同じく、交通事故の鑑定も専門ではありませんが」と火村は断わってから「海に転落する際、車体は必然的に前に傾きますね。そして、その姿勢を保ったまま沈んでいったのだとしたら、シートベルトをはずした盆野さんの体が後部座席の側へ移動するのも自然ではありませんか？」

「ええ、それは考えられます。しかし、車がどんな姿勢で沈んでいったのかは定かでないし、死んだ盆野和憲が睡眠薬を服《の》んでいたことは変でしょう、先生？」

「昏睡するほどの量を摂っていたんですか？」

　質問が行き来する。

「昏睡とまではいきませんが、安眠できる程度には服んでいます。死亡する数十分ほど前にコーヒーを飲んだ形跡もあり、それと一緒に服用したのかもしれません」

　その解剖結果から、盆野和憲の死は自殺でも事故でもなく、他殺である疑いが浮上した。犯人は、被害者を睡眠薬入りのコーヒーで眠らせてから車に乗せ、自らの運転でこの岸壁までやってきた。そして、釣り人らが見ている前で、車を海にダイヴさせた、という見方である。

「もし犯人がいるのなら、そいつはどの時点で車から抜け出したとお考えですか？」

私が質問する。まさか、車もろとも自分も海に飛び込んだということはあるまい、と思ったのだが。

「目撃者らは、車が転落した直後の岸壁に、猫の子一匹たりともいなかったことを明言しています。犯人がいたとすれば、車もろとも海へ、です」

警部補は、顔の前に水平に差し出した右手を、かくんと傾けた。海に飛び込む車を表わすジェスチャーだ。

「それは無茶では。夜の海に車と一緒にダイヴィングというのは冒険がすぎますよ。釣り同好会の人たちが見逃してるだけやないですか？　もし他殺だとしたら、犯人は海に落ちる直前に車から出たんでしょう」

へっぽこ助手もどきにしては出すぎた発言ながら、率直な感想だった。落ちる直前に車から脱出するだけでも、常識はずれに大胆な行為だ。

「ところが、そうではないんですよ、有栖川さん。車は国産車で右ハンドルでしょう。釣り人らは右方向から目撃したわけですから、運転者が外に転がり出したら、見逃すはずがない。これは、事件の二日後の同じ時刻に実地検分をして確認ずみです。また、車が転落した直後の岸壁に人がいなかった、という証言にも信憑性《しんぴょうせい》は大です。海面は墨を流したように真っ黒ですが、岸壁に人がいたら月や星の明かりだけで、ちゃんと見えるんですよ。そのあたりは、今晩ご自分の目で確かめてください。ちなみに、当夜の天候は晴れでした」

午後十一時に、再びここにくる予定になっている。やはり、事件が発生した時刻に見なければ判らないことが多いから。

火村が海面を覗《のぞ》き込んでいるので、私が続けて尋ねる。

「運転者は別にいたとしても、その人物が殺人犯だとは限らないでしょう。それこそ単純な事故だったのかもしれない」

警部補は、残念そうにかぶりを振った。

「違いますね。もしも事故だとしたら、運転者は自力で車から脱出した後、救助を求めたはずです。ところが、どこにもいかなかったんです。雲隠れしてしまった」

「盆野さんと同様に溺死して、遺体が流されてしまった、ということは？」

「フロッグマンを大量に動員して、周囲を徹底的に調べましたが、遺体は見つかりませんでした。ご覧のとおり港内の最も奥まったエリアです。潮流から見ても、遠くに流されていったということは考えられません。運転者がいたのなら、自分で陸《おか》に上がって遁走《とんそう》したんです」

「そうだとしても、まだ他殺とは決めつけられませんね。取り返しのつかない事故を起こしてしまったことでパニックになって逃げたのかもしれない。あるいは、盆野さんと一緒にいることを世間に知られたくない切実な事情があったから逃げた、と見ることもできます」

「それでは睡眠薬の説明がつかない。さらに、われわれが本件を計画殺人ではないか、と疑う事情が別に存在します。すでにそれをご存じの上で有栖川さんはお話しになっているんでしょうが」

ニュースで聞いて知っている。

死んだ男には、一億円の生命保険が掛けられていた。

3

盆野和憲は、健康器具などを並行輸入して販売する代理店を経営していたが、その仕事はとうに行き詰まり、開店休業状態だったらしい。それどころか赤字が累積して、数箇所から合わせて五千万円強の負債があった。普通ならば破産を余儀なくされる状況だ。それでも倒れずにすんでいたのは、妻の援助によるところが大きい。

妻の古都美《ことみ》は、催眠ダイエットを売り物にした一風変わった美容サロンを開いており、商売はまずまず順調だった。しかし、夫が下手な真似ばかりをするので、稼いでも稼いでも自転車操業から脱却できず、返せるはずの借金も返せないでいた。そのために夫婦仲も次第に冷えていき、離婚の危機にあったという証言もある。古都美にすれば、夫は金食い虫の邪魔者でしかなかったのではないか、保険金を遺して死んでくれたらありがたかったのでは、と言う者までいるほどだ。

　そして、和憲は死んだ。受取人の古都美がその死に関わっていなければ、彼女は一億円の保険金を手にできる。同情を集める寡婦《かふ》どころか、今や疎《うと》ましいばかりだった夫からも、金銭的な悩みからも解放された陽気な未亡人《メリー・ウイドウ》というわけだ。

　しかし、和憲の死には不審な点が多々あった。彼女は、息を殺して警察の捜査の行方を見守っていることだろう。そして、自分とは何の利害関係もないのに、大衆もこの事件に熱い好奇の視線を注いでいた。

「とにかく、古都美夫人に会っていただかなくては始まりませんね」

　岸壁をあとにした私たちは、鮫山の勧めによって催眠ダイエットサロンに向かった。場所はＪＲ難波《なんば》駅にほど近い湊町《みなとまち》。警部補は森下を捜査本部に帰してから、まだ真新しいビルへ私と火村を案内した。

　サロンは三階にあり、歯科医院と向かい合っていた。エレベーターを降りる際、浮かぬ顔をした小太りの中年女性とすれ違ったが、はたして彼女は減量にきたのか、虫歯の治療にきたのか。廊下は、しんと静まり返り、往来の喧騒が遠くに聞こえていた。

　磨《す》りガラスに〈サロン・ド・コトミ　催眠ダイエット〉と書かれた扉のノブに、〈本日休み〉の札が掛かっている。さっきのご婦人は、歯医者の帰りだったわけだ。夫の死のショックのせいもあろうが、週刊誌の記事がきっかけで〈疑惑の転落死〉騒動が起きているために、サロンは休業を余儀なくされているのだろう。彼女に罪がないのなら、気の毒な話だ。

扉を開けると、すぐに受付だった。壁紙はパステル調のピンク。デパートの案内所のような半円形のカウンターがあり、白いブラウス姿の女性が応対してくれる。サロンは休んでいても、することがあって出勤しているらしい。彼女はすでに鮫山と面識を持っていた。

この時間ならばきてもよい、と事前に話ができていたようだ。私たちを一分と待たせることなく、盆野古都美は現われた。医師でもないのに白衣をはおっている。

さすがはダイエットを指南するだけあって、ほとんど非の打ちどころがない見事なプロポーションをしていた。男の私には見当がつきにくいのだが、四十歳を超えてこれだけの体型を維持するのは、さぞ難しいのではないか。身長は一メートル六十そこそこだろうが、背筋がまっすぐに伸びた立ち姿が美しく、一人で佇《たたず》んでいればもっと長身に見えるはずだ。また、身長に比して手脚がすらりと長い。猿臂《えんぴ》とは、こんな腕を指すのだろう。

「ご苦労さまです、鮫山さん。おいでになる頃かな、と思っていました。そちらのお二人が――」

火村と私がやってくることも、事前に伝わっていたようだ。警部補による紹介が終わると、彼女は「どうも」と会釈《えしやく》してから、私たちを奥の相談室へと導いた。室内はやはりピンクを基調としていて、三隅に観葉植物の鉢が置いてある。壁には、南国の磯辺を描いたリトグラフ。寄せては返す波の音が聞こえてきそうだ。この内装にも、依頼者に与える心理的効果が考慮されているのだろう。

高級感のあるソファに掛けて、古都美と相対する。間近で見た彼女は、ごくありふれた中年女性だった。化粧はナチュラルで、華美とは遠い印象だ。催眠ダイエットサロンの先生兼社長というから、もっと存在感の強いタイプかと思っていた。小さくて少し落ち窪んだ目許《めもと》は穏やかで、象の瞳を連想させる。それは、半信半疑でやってきた依頼者に信頼感を抱かせるかもしれない。

「ここは、いつからお開けになる予定ですか？」

警部補の問いに、ちょっと困った顔をする。これから何を話すかを、表情で予告するかのように。

「それが……まだ決まっておりません。ご承知のとおり、あらぬことで勘繰られていますので。お客様との間の信頼関係がゆらいでは、施術ができません。廊下に週刊誌の記者さんがいませんでしたか？　ああ、ではサロンの写真を撮っただけで帰ったんですね。早く解決していただかないと。いつまでもこんなことが続いては困ります。私にも生活がありますので……」

「全力を尽くします。――なるほど、催眠術をお使いになる上で、依頼者がリラックスできない状態はまずいわけですね」

古都美は、慌てて訂正を求める。

「ええ、催眠者は、被催眠者との間にラポールという深い信頼関係を築かなくてはなりません。——この前もご説明したとおり、私が行なっているのは催眠を利用したウェイト・コントロールです。催眠術ではありませんので、お間違いなく」

迂闊《うかつ》なことに、私もその二つを混同していた。先ほどの火村も然《しか》り。催眠術と催眠の区別がつかない。

「厳密にどう違うのか、と訊かれると明確な定義はないのですが、催眠術というと面白おかしく刺激的に演じられるショーのイメージが強いため、嘘っぽくて胡散臭《うさんくさ》いものに見られる懸念がございます。そこで、私どものように催眠性トランスを利用した療法については、誤解を避けるために催眠と称する場合が多ございます」

以後、注意しよう。少なくとも、彼女の前では。

ここで受付にいた女性がお茶を出してくれた。古都美は「ありがとう、ケイちゃん」と言って、彼女が退くのを待った。

「ずっと家にいるのも息が詰まりますし、処理しておかなくては事務仕事が溜まって仕方がないので、こちらに出てきているんです。受付に人がいたので、怪訝《けげん》に思われませんでしたか?」

夫の死から一週間。現実は彼女の腕を摑み、日常に引き戻そうとしているのだ。

「失礼ですが、まず私から鮫山さんにお訊きします。夫が入っていた生命保険について、どこから洩《も》れたんでしょうか？　私、それが不思議ですの」

かなり気にしている様子だ。和憲自身が、雑談として周囲に話していたため、知人の誰かがマスコミに囁《ささや》いたのだろう、と鮫山が言うのを聞くと、彼女はひとまず納得した。

「私もあの人も、保険が好きだったんです。死亡時保障が一億円のものに、お互いに加入しておりました。もちろんのこと、万一の時に備えて、という以上の意味はございません。私どもは、公務員でもなければ、大企業に勤めているわけでもないので」

確かに、一億円という保険金は、昨今では驚くほどのものでもない。和憲の死に疑惑がまとわりつくのは、その死に方が常ならざるものだったからに尽きる。

「奥様は、やはり自殺とお考えなんですね？」

問われた古都美は、切々と訴えるように答える。

「悲しく、残念なことですけれど、そうだとしか考えられません。あの人は、自分の腑甲斐《ふがい》なさを嘆いていましたし、衝動的な行動が少なくありませんでしたので、自ら死を選ぶこともあり得たと思います」

「そのような兆候はありましたか？」

「いいえ。ですから、とても衝動的な行動だったのでしょう。自殺をしたのだ、と思いたいわけではありません。むしろ、それが最も私を傷つける結論なのですが、誰かに殺される謂《いわ》れはないし、事故だと考えるのも馬鹿げています。あの人が夜の大阪港に立ち寄る理由なんて、さっぱり思い当たりません。偶然に通りかかるところでもありませんしね」

「車の運転はあまり得意ではなかった、とも伺いましたが」

「スマートな運転はできませんでした。でも、だからこそ危ない道は遠ざけていたんです。山道も雪道も走ったことがありませんし、荒れた天気の日も車に乗りたがりませんでした」

そのため大きな事故とは無縁で、優良ドライバーの部類に入っていたのだとか。その点については警察も認めている。

ここで鮫山は、火村に質問役を譲った。古都美は、ネクタイをルーズに締めた犯罪学者を興味深げに見返しながら、それに淡々と応じていく。

「ご主人が自殺したとお考えになる根拠について、もう少し詳しく伺えますか？　遺書もなく、死を暗示するような言動もなかったそうですが」

「新しい事業を起こそうとしては挫折し、以前からの借金が清算できないことを悔やんでいました。先の見通しも立たず、内心は相当苛立っていたのでしょう。でも、それぐらいのことで死のうとするとは思ってもみませんでした。私が自殺だと考えるのは、あくまでも消去法の結果です。他殺でも事故でもなければ、自殺ということになります」

「仕事がうまくいかず悩んでいらしたのは、かなり以前からなのでは？」

「ここ六、七年ほど、あの人は何をやっても駄目でした。私の催眠サロンがうまくいかなかったら、とうに二人して夜逃げをしていたでしょうね。幸い、こちらはお客様に恵まれまして」

「あなたのサポートのおかげで、和憲さんは多額の負債を抱えながらも、崖っぷちで踏み止《とど》まっていられたんですね。――ご夫婦の間は良好でしたか？」

不躾《ぶしつけ》な質問だが、これしきは想定の範囲内らしく、さらりと答えが返ってくる。

「はい。大きな諍《いさか》いもなく、まずは良好でした。あの人をとりまく状況がすぐれなかったので、家の中に笑い声が絶えない、というほどではありませんでしたが」

「借金は銀行からですか？」

「これまで二度、三度としくじっているので、銀行さんはあまり力になってくれませんでした。私の身内や知人から少しずつ。消費者金融からも臨時で借りることがありました」

具体的な金額を訊くと、彼女は明細をすらすらと並べた。すでに警察に提供ずみの情報で、火村も警部補から聞いていたことだ。その中の一つに、彼は注目していた。

「少しずつとおっしゃいましたが、三松妃沙子《みまつひさこ》さんから借りた三千九百万円が突出していますす。これについて、特に頭を痛めていたのではありませんか？　奥様のご友人だそうですから」

古都美の表情が翳《かげ》った。緊張した猫が毛づくろいをするように、乱れてもいないスカートの裾を直す。

「火村先生のおっしゃるとおり、それについては主人も私も気にしていました。妃沙子さんは余裕のある暮らしをしていらっしゃるので、しつこく催促されることはありませんでした。それでも、二カ月ほど前から『予定はどう？』と返済について尋ねられていましたから……。つろうございました」

計画は、まるで立っていなかった。催眠ダイエットサロンから上がる利益は消費者金融への返済に費やされ、三松妃沙子に申し訳程度に払う利息分も滞りがちだったのだ。

「三松さんとは、永いお付き合いなんですか？」

「大学のサークルが同じでした。心理学研究会というんですけれども」

「やはり、その頃から催眠の研究などをしていたんですか？」

「私はその方面について調べ始めていましたが、妃沙子さんはまるで興味を示しませんでした。『人を操る便利な方法があるのかと思ったら、ないのね』と笑っていたほどで、勘違いしてサークルを選んだんでしょう。でも、私とは何となく馬が合いまして、卒業後もまるで別の方向に進んだのに、今まで断続的に交際が続いております」

栄養士の資格を取得していた古都美は食品メーカーに就職し、三松妃沙子は保険のセールスレディになる。希望の会社に入れなかったからではなく、「天職かもしれないからやってみたい」と望んで。

「本当に天職だったようですね。二十代の終わりには、億の貯金ができたそうです」

火村が口笛を吹く真似をしたが、さすがに音を出すほど不謹慎ではなかった。

「大変なやり手だ。自分の適性を恐ろしいほどよく理解していたわけですね。その三松さんが本気で取り立てにかかったら、あなたたちご夫妻は共倒れになる状況だったようですが」

「外から見て、そう言われるのはやむを得ません。だけど、妃沙子さんは寛大な方ですし、厳しい取り立てを受けてはいませんでした。お疑いでしたら、彼女に——」

「ええ、この後で伺って、お話を聞くことになっています」

火村が言うと、古都美は安堵《あんど》するどころか、むしろ不安そうに黙った。複雑な事情が存在しているのを想像させる。助教授は質問を続けた。

「事件当夜は、京都にいらしたとか」

「北海道に嫁いだ学生時代の友人と会っていました。十年ぶりに関西に遊びにきたので、久しぶりに会うことになりまして。祇園《ぎおん》の料理屋で食事をして、帰宅したのは零時を回ってからです」

彼女の自宅マンションは、地下鉄都島駅からほど近いところにあった。京阪電車で京橋《きょうばし》駅まで戻り、深夜だったのでタクシーを使ったという。

「帰ると主人はいませんでしたが、朝帰りすることもありましたから、さほど不審には思いませんでした。それで、ベッドに入ってすぐに眠ったところ、二時過ぎになって警察から電話が……」

悲報だった。海底からスカイラインが引き揚げられ、和憲の身元が確認されたのだ。意識が遠のくほど驚いた、と言う。すぐにタクシーを呼んで駈けつけ、顔にかかった布をめくると、それはまぎれもなく夫だった。

「六月一日のご主人の行動について、どこまでご存じですか？」

「ほとんど知りません。私は四時に自宅を出て、京都に向かいました。出掛ける際に『夕食はどうするの？』と訊いたら、『どこかでうまいものを食べてこようかな』と言っただけです。誰かと約束をしているふうではありませんでした」

「あなたの予定が決まったのは、いつですか？」

「五月の半ば。友人と会う二週間ほど前です」

「ご主人の遺品をご覧になったと思いますが、それを見て気づかれたことは？」

「特にございません」

飲み屋のレシートの類《たぐい》も遺っていなかった。そんなものは、必要経費でもなければもらうなり捨てるのが常だったそうだ。

「携帯電話の方は？」

これは古都美だけではなく、鮫山にも向けられた質問だったので、警部補が答えた。

「奥さんにも確認してもらいましたが、これといった発見はなしです。当日の夕方、三松潤一《じゅんいち》さんに電話をかけていたのが目を引いたぐらいです。正確な時間は、午後六時二十一分です」

　初めて出てきた名前だ。三松潤一とは、和憲が四千万円近い金を借りている三松妃沙子の息子だというから、その電話が何だったのかは大いに気になる。

「彼に話を聞いたところ、『借金の件で妃沙子さんは何か言ってない？』と探りを入れる電話だったそうですね」

「自然なやりとりのようですが――三松妃沙子さんや潤一さんとご主人は、どういうご関係だったんですか？」

　火村に見つめられて、古都美はまたスカートを触る。

「面識がある、といった程度です。私たちがミナミのレストランで食事をしている時、あちらが親子で隣のテーブルに案内されてきたことがあって、そこで私が紹介したのが最初です。その後、おいしい牡蠣《かき》料理の店があるから、と妃沙子さんに聞いて、四人で食事をしたことが一度。主人が潤一さんに電話をしていた、というのはちょっと意外でした。探りを入れること自体は、あの人らしいとも言えます」

「その電話で潤一さんはどう答えたんですか？」

　気になって、私が割り込んだ。鮫山によると、「ママは気にしていない」と言ったそうだ。

「ママですか」火村が苦笑する。「もうとうに子供ではないと思いますが、外でも平気でママと呼ぶんですね」

上品に受け答えをしていた古都美が、ここで皮肉っぽい口調になる。

「お会いになれば判りますよ。あの母子は変わっているんです。妃沙子さんにとって、潤一さんは目に入れても痛くないペットのような存在なんですよ」

「子離れできない母親と、親離れできないマザコン息子というわけですか」

「マザコンというのが適切かどうか……。彼は、妃沙子さんの実の息子ではなくて、養子なんです。彼女は一度も結婚したことがないんですが、どうしても可愛い息子が欲しかったんでしょう」

お会いになれば判ります、と彼女は繰り返した。

「ご主人は睡眠薬を服んでいた、あるいは服まされていたようです。そういう薬をふだんから服用していたということは？」

「以前、処方してもらっていた時期があります。最近も、私の知らないところで服んでいたのかもしれません」

「あなたは、ご主人が自殺をしたとお考えになっている。しかし、車で海に飛び込むつもりならば、睡眠薬を服んでいたのはおかしいと思いませんか？」

彼女に訊いても仕方がないことにも思えたが、火村は相手の反応が見たいらしい。古都美は、逆に問い返す。

「そのお薬は、どの時点で服んだのでしょう？」

鮫山が「いつと断定はできません」と横から答えた。

「そうですか。でも、お薬が効いて眠ってしまっては運転ができませんから、海に飛び込む少し前に服んだのではないでしょうか。そして、頭が朦朧《もうろう》となって、判断力が鈍った頃合に、海に向けてアクセルを踏んだのかもしれませんね。少しでも恐怖感が薄まるように」

「なるほど、恐怖感が薄まるように、か。そう考えることもできますね」

火村は優しく頷《うなず》いたが、肚《はら》の中でどう思っているかは判ったものではない。その証拠に、こんな質問で古都美をぎくりとさせる。

「催眠術、いや催眠を利用して、どこまで人を操ることができるんでしょうか？　後《ご》催眠というものについてご説明いただけるとありがたいのですが」

4

〈サロン・ド・コトミ〉を辞した後、私たちは地下鉄を乗り継いで長堀橋《ながほりばし》に向かった。地上へ上がり、堺筋《さかいすじ》を二つ東に入る。雑多なビルが蝟集《いしゅう》しているエリアだ。

その一角に、ここにこんなものが、と驚くような建物があった。褐色砂岩の古めかしいビルで、ファサードや窓のまわりにはネオ・ゴシック風の装飾が施されている。五階建ての小ぢんまりとしたビルながら、堂々たる風格だ。この正面に立って写真を撮れば、「ニューヨークに行ってきた」と法螺を吹いてもバレないだろう。こんなものに不意に遭遇できるから街は面白い。火村と私は、エントランスに入る前に建物を見上げて鑑賞した。

さすがにエレベーターはないのでは、と思ったのだが、予想に反してちゃんとあった。ただし、機械油の匂いが漂うかなりの年代ものだ。鮫山は、レトロな丸いボタンの5を押した。チンと音がして扉が開くと、畳一畳ばかりのエレベーターホールで、真正面にドアが一枚。それを開くと、三松母子が独占する居住空間だ。老朽化の進んだビルなので賃料はそれほどでもないのかもしれないが、贅沢であることには違いがない。

鮫山のノックに応えて、すぐにドアが開いた。現われたのは、モスグリーンのブレザーを着た小柄な男。息子の潤一だ。短く刈り揃えた頭髪の下に、すました猿を思わせる顔があった。「妃沙子さんはモンキーフェイスがお好みみたい」と古都美が話していたのを思い出す。

「お待ちしていました」

入ると、いきなりミニコンサートが開けそうなリビングである。壁を二つ三つぶち抜いたらしい。向こうの壁が遠かった。アンティークな家具や模造大理石らしいマントルピースはビルの外観とよく似合っており、どれも高そうではあったが、さほど洗練された趣味でもない。

遠い壁に開いた正方形の窓。それを背にした女が、くるりと振り向いた。逆光で顔がよく見えない。

「今度はゲストを連れておいでのようですね、刑事さん」

女が近づいてくる。その時になって気づいたが、右手で杖を突いていた。フローリングの床が、コツコツと堅い音をたてる。

警部補による紹介が終わると、女――三松妃沙子は杖を持ちかえ、右手で握手を求めてきた。古都美と同い齢《どし》だから四十一歳のはずだが、三十代半ばに見える。ぱっちりとした目が魅力的で、整った顔をしているだけに、大きすぎる口が気になった。

「そこでお話ししましょう。お掛けになって」

部屋の中央に応接セットがあった。よく知らないが、ヴィクトリア調と形容したくなる調度だ。くすんだ紅色の布地に金モールの刺繡《ししゅう》が入ったソファが美しい。

「脚の具合がよくないもので、もたもたしてすみませんね」

彼女は杖を傍《かたわ》らに立て掛ける。交通事故で痛めて以来、何か支えがなければ歩行に困難をきたすのだそうだ。部屋の片隅には畳まれた車椅子があった。必要な場合があるのだろう。

「古都美さんは、どんなご様子ですか？　気懸かりなんですけれど、電話もかけにくくて。傷心の日々でしょうね」そこで息子を招く。「潤ちゃん。突っ立っていないで、ここにお座りなさい。刑事さんたちは、あなたの話もお聞きになるんだから」

人目も憚《はばか》らずに「潤ちゃん」。ママと仲よしなのだ。潤ちゃんは、黙ってママの右隣にちょこんと掛けた。

二十二歳の彼は、学生の身分だった。一応学生と言うのが正確だろうか。ウェブデザイナーをめざして専門学校に通っているそうだが、本気で勉強に打ち込んでいるのか、体裁《ていさい》を整えるために在籍しているだけなのか、知れたものではない。盆野古都美の目には、「アルバイトもせず母親に寄生しているようなもの」と映っていた。

「保険金のことがマスコミに取り上げられて、弱っているご様子でした。われわれとしても、早期に解決するように努めます」

「ぜひそう願いたいものですね、刑事さん。こちらの先生方のお力もお借りして」

鮫山が訊き手となって、さっそく本題に入る。まずは、盆野和憲に四千万円近い大金を貸した経緯について。古都美さんを助けるためだ、と妃沙子は言い切った。和憲が破滅すれば友人が困窮する。それを是が非でも阻止したかったのだ、と。

「固い友情に結ばれているんですね」

警部補の言葉に、そっと首を振る。

「その表現は、きれい事に聞こえます。私はあくまでもお金を一時的に融通しただけで、ちゃんと借用書も入れてもらっていますし、利息もいただいているんです。その点は誤解なさらないでください」

「そういえば、古都美さんはあなたとの交際について『断続的』という言い方をなさっていましたね」火村が言う。「親友というほどのご関係でもないんですか?」

妃沙子はあっさり頷く。

「ええ、ごく普通の友人です。私が生保のセールスをしていた時、無理を言って保険に加入してもらった後、しばらくは連絡が途絶えました。その後、サークルの同窓会で会ったりしているうちに、たまに電話でおしゃべりをする関係になったんです。会って話すのは、年に一、二度かしら」

「そんなあなたに対して借金を申し込むのは、古都美さんにとって心苦しかったんでしょうか?」

「そうだったと察します。背に腹は代えられずに頼ってきたんでしょう。私はそんな胸中が痛いほど判ったので、頼まれる都度《つど》、言われた額をお渡ししたんですよ」

哀願が六回繰り返されて、やがて総額は三千九百万円に達した。

「気前がいいんですね」

「偉そうに聞こえるでしょうが、遊んでいたお金をお貸ししただけですから、どうということはありません。できる人助けをしただけです。それに、先ほども申したとおり低利ながら利息もいただいていました。和憲さんは有能な男性とお見受けしましたから、あんなことにならなければ、元金もいずれ耳を揃えて返していただけたはずです」

「具体的な返済計画はなかったと聞いていますが」

「火村先生は、大学から大学院に進まれて、そのまま助教授になられたんですか？　ああ、それならば判らないことも多いでしょう。お金を稼ぐには色々な方法があるんですよ。和憲さんは、それをよく知っていました。ただ巡り合わせが悪くて、しばらく空回りしていただけです」

社会学者を世間知らず扱いして、元スーパー生保レディはにっこりと微笑《ほほえ》んだ。大きな唇を弓のように曲げて。

「そういうものですか。では、教えを請いたいのですが、どうしたら三松さんのようにお金が貯まるんですか？」

「さぁ、どうしたらいいんでしょう。永遠の謎ですね」そこで微笑が消えた。「成功への道は無数にあり、人にはそれぞれ自分に合った道があります。それを正確に見極めることが肝要なんですよ。お勉強のやり方と同じ。私に合ったメソッドが、先生や有栖川さんにも合うとは限りません」

確信に満ちた言葉だ。教訓としてメモしておくべきかしら、と思う。

彼女は両手の指をからませ、顎《あご》を上げて天井を見る。

「セールスでお金を貯めるのに、血のにじむような努力をしました。つらかったけれど、やればやっただけの見返りがあった。ただ、自分を殺して営業マシンに徹するのも限界がありました。三十一歳で足を洗って、投資で稼ぐことに切り換えたんです。経済には無知な私ですが、株価なんて人間の思惑《おもわく》で動くものです。それさえ見透かすことができれば、貸借対照表の読み方が判らなくても勝負できるものです。少なくとも、私は勝ってきました。平成不況だか何だか知りませんが、この十年間は私にはたっぷりお金を授けてくれましたよ」

豪気なことだ。

「すると、今は株取引で稼いでいらっしゃるんですね？」

「不動産ファンドや外国債など、多方面にわたって運用しています。すばしっこいのが取り柄ですから、ちょこまか売ったり買ったりしています」

「和憲さんに融通したお金がなかなか戻ってこないことについて、ご不満はありませんでしたか？」

「ちっとも。さっきも申したとおり遊び金でしたから。もっとも、相手が古都美さんのご主人でなければ、私もびしびし取り立てましたよ。——私がお金を貸していたことについて、えらく詮索《せんさく》なさいますね」

「彼の死が自殺だとしたら、多額の借金に悩んでのことだと思われますから」

「あら、嫌な感じ」

妃沙子は、露骨に不快感を表わした。小鼻に皺《しわ》を寄せて、尖《とが》った口調で言う。

「私は、親切心からお金をお貸ししていたんですよ。低利で、担保もいただかずに。そして、ろくすっぽ返済の催促をしたこともありません。なのに、借金で追い詰められて死んだだなんて言われたら、立つ瀬がありません」

ごもっとも。私が彼女の立場だったら、同じ反応をしただろう。

「お気を悪くなさったのなら、お詫びします。しかし、和憲さんの死の真相を調べるにあたり、彼がどんな精神状態でいたのかはポイントですから」

「それはそうですけれど……。あの人が悩んでいたのは、お金のことばかりが原因ではないと思いますよ」

そう言って妃沙子は、夫婦の間に亀裂が入っていたことを示唆《しさ》した。直接見聞きしたわけではないが、夫の腑甲斐なさと不誠実な態度について、古都美がぼやいていたことを証言した。次々に仕事をしくじって、催眠ダイエットサロンに心血を注ぐ自分の足を引っぱること、他に頼る当てがないとはいえ妻の友人から借金を繰り返していること。それらについて、古都美の我慢は限界に達しかけていたのである。

「夫婦仲は悪くなかったって？　そりゃ、古都美さんだって刑事さんにはそう答えますよ。無難ですもの。でも、それは事実とは言えませんね。私の言っていることの方が疑わしいとお思いでしたら、彼女の周辺で聞き込みをなさってください。きっと私と同じことを話す人が見つかりますよ」

私たちは、曖昧《あいまい》に頷く。実は、ダイエットサロンから帰る間際、火村が受付にいた女性から素早く聞き出したところによると、妃沙子の話に分がありそうだ。ケイちゃんは、古都美が電話で夫を罵《ののし》っているのを、何度か耳にしていたのだ。

「和憲さんだって、失敗したくてしくじっているわけではないのに。私は、むしろ旦那さんに同情してましたよ。応援してもいた。早くひと山当ててお金を返してもらいたいだけではなく、古都美さんを見返しておやりなさい、という気持ちもあったんです。それが自殺だなんて……」

「和憲さんの心の裡《うち》は、まだ読み切れていません。そこで――」

火村は質問の矛先《ほこさき》を潤一に移した。

「あなたは、和憲さんが車ごと海に転落した四時間半ほど前に、彼からの電話を受けていますね。その時の模様をお聞かせいただけますか？」

潤ちゃんは、得体の知れない質問者に警戒のまなざしを向けながらも、協力的な態度で答える。

「電話があったのは、夕方の六時半近くです。僕はちょうど心斎橋《しんさいばし》に買物に出ていたので、路上で受けました。借金のことでママ、いや母が何か言っていないか、と気にしてかけてらしたんです。早く返してもらった方が母が安心するのは判っていますが、母が急《せ》かさないものを僕が急かすわけにもいかないので、『気にしなくても大丈夫でしょう』と、穏当な返事をしておきました」

「そう聞いて、彼は安心したようでしたか？」

「ひとまずは、ほっとしたんじゃないでしょうか。『こんな電話をかけたことは内緒にしておいてね』とバツが悪そうだったので、仕事はなかなかうまくいってないんだな、と思いました」

「和憲さんはあなたの携帯に気軽に電話をかけてくるんですか？」

「気軽かどうかは知りませんが、たまにかかってきますし、僕からお電話することもありました。大した用ではありません。……母の前で言いにくいんですが、競馬の情報交換などを」

妃沙子が、まあ、と呆れた顔をする。

「二人ともお好きなんですか？」

「いえいえ」と両手をワイパーのように動かす。「僕は、大きなレースのある時、人並みにお小遣いで遊ぶだけです。盆野さんも同様で、年末だからジャンボ宝くじを買う、といった程度の楽しみ方をしていました」

「ところが、その夕方の電話は競馬に関係がなかったわけだ。——その時の彼に、何か通常と違った点はありませんでしたか？」

「亡くなったと聞いた後になってから、そういえば声に元気がなかったように思いましたが……。話していた時には不自然に感じませんでした。もともと愉快な用件ではありませんでしたから」

「その夜、彼が死ぬまでの間、どこで、誰と、どう過ごしたのかが判っていません。重要なことです。会話の中に、ヒントになる言葉はありませんでしたか？」

「古都美さんが京都に行っていて留守なのは聞きました。『何かうまいものを食べて帰る』と言ったのは覚えていますが、どこで誰と一緒に、といった話は出ていません」

「『食べて帰る』ということは、どこから電話をしていたんでしょうね。言ってませんでしたか？」

　これについては、難波の中継局からの発信であることを警察は確認ずみだ。火村は踏絵を踏ませたわけだが、潤ちゃんは正しく答えた。

「どこからかは知りませんが、ミナミに出ていたようですよ。『これから一緒にどう？』と誘われました。僕は心斎橋にいたので落ち合うこともできたんですが、何となく面倒だったのでやんわり断わりました」

　難波と心斎橋は地下鉄でひと駅の距離があるから、面倒くさかったのも判る。それに、さほど親密だったわけでもなさそうだ。

「あなたは、その後どうしました？」

「どうって……買物をすませて帰りましたけれど」

「私が夕食の支度をしていましたからね。この子が帰ってきたのは、七時過ぎです。――そんなことが和憲さんが亡くなった件と関係あるんですか？」

妃沙子の表情がにわかに険しくなった。火村の質問の真意を汲み取ったのだ。

「率直に言いましょう。和憲さんの死については結論が出ていませんが、他殺の疑いもあります。その場合、故人の身近にいた人たちの事件当夜の行動を調べる必要があるわけです。――あなたは、どちらに？」

妃沙子は「はっ」と太い声を放って、のけぞった。芝居がかった仕草だ。

「失礼しました。殺人事件の捜査となると、そこまでしなくてはならないんですね。ご苦労なことです。――私のこともお訊きになりたいんですね？　いたって簡単な答えです。ずっとここにおりました。帰ってきた息子と食事をした後、本を読んで静かに過ごし、一歩も外に出ていません」

「潤一さんも、帰ってからはずっとこちらにいらしたんですね？」

母と息子は、揃って「はい」と答えた。

「それを証明してくれる人はいますか？」

どうせいないだろう、と思っていたら、豈図《あにはか》らんや、来訪者があったという。八時頃に三人の若者が遊びにきて、九時半頃までみんなで雑談を楽しんだというのだ。

「遊びにいらした三人は、潤一さんの友人ですか？」

「そうでもありますけれど、どちらかと言えば私のお友だちかしら」

彼女は、にんまりと笑う。

さては、と思い当たることがあった。盆野古都美と別れる際のこと。彼女は、学生時代からの友人にまつわる噂話をまくしたてた。こらえていたものが、堰《せき》を切って溢《あふ》れだしたかのように。

――妃沙子さんは、昔から年下の男性を好みました。お金に余裕ができてからは、まるで捨て犬や捨て猫を拾うように若い男の子を集め、そばに侍《はべ》らせていたようです。色んな子たちが、入れ替り立ち替りして、その中で一番気に入った潤一さんを養子に取ったんでしょうね。彼と親子になってからも、まだ別の男の子に声を掛け、家に上げることがあるみたいですよ。そういう暮らしが趣味なんです。私には理解できませんが。

古都美の口調は、多分に非難がましかった。不道徳なことをしているのか、と警部補が尋ねると、もごもごと言葉を濁す。

――内情はよく知りません。若い男性と話していたら楽しくて齢をとるのを忘れるし、かわいそうな境遇の子を見たら無視できずに拾ってしまうんだそうです。交通事故で親をなくしたり、虐待を受けている児童に救いの手を差し伸べるのなら判りますが、彼女が優しくしてあげるのは、もっぱら二十歳前後の男の子です。もしも同じことを男性がしたら、世間はどう見ますか？　かわいそうな若い人を保護してあげているんだ、不純な気持ちはない、と言っても誰も信じてくれないと思いますけれどね。

本音がどんどん洩れた。

――不自然な生き方をしている、と言われても仕方がありませんよ。だから、おかしな事件に巻き込まれたりもしたんです。

「なんだ、お客さんがいらしたんですか。それは初耳ですね」

鮫山は、訪ねてきた三人の氏名と連絡先を聞き取った。大学生が一人とフリーターが二人だ。いずれも大阪市内に住んでおり、不定期的にここへ遊びにくるのだという。

「刑事さんがお訊きにならないから、お話ししなかっただけですよ。警察は私のアリバイを調べるなんて的はずれなことをしませんでしたものね」

火村は嫌われてしまったようだ。

彼女はアリバイという言葉を自分から口にしたが、そのアリバイが成立しないことが明らかになった。三人の若者が遊びにきたのが事実だとしても、彼らは九時半には帰っている。その後、この母と息子がどこで何をしていたのかを知る者はいないのだ。

もっとも、だからといって母子が盆野和憲をどうこうした、と私は思わない。そんなことをしたら彼から借金を返してもらう機会が失われてしまうのだから。一億円の生命保険の受取人は、あくまでも妻の古都美だ。和憲を抹殺したからといって、妃沙子が自動的に金を手にできるわけではない。

「お尋ねになりたいのは、そんなところでしょうか、火村先生」彼女は勝手に決めつける。

「ここで先生が得た貴重な情報について、僭越《せんえつ》ながら私が整理して差し上げましょう。一つ、和憲さんは精神的に追い詰められた状態にあった。二つ、私と潤一は和憲さんの死について無関係である。これ以上でも以下でもありません、悪しからず」

威勢よく言ってから、まだ物足りなかったらしく付け加える。

「よもや私たちが和憲さんの車を海に転落させた、とお疑いではないでしょうけれど、もしそうならば即刻そんな馬鹿げた仮説は棄《す》てるべきですね。だって、無理ですもの。不可能です。こんな脚の私と、このかわいそうなまでに不器用な子に、そんな大それたことができるわけがないんです」

潤ちゃんは泳げないのだ。のみならず、水に対して深刻なまでに不愉快な記憶がいくつかあり、海に入ることなど思いもよらないと言う。それが本当だとしたら、彼は容疑の圏外に去る。

しかし、ただちに納得するわけにもいかなかった。潤一はまったく泳げないと言われても、その真偽のほどを確かめるのは厄介だ。まさか彼を大阪港に連れていって、岸壁から突き落として試すわけにもいくまい。適当な作り話かもしれない。

よく判った、と言ってから、火村は雑談めかして尋ねる。

「養子縁組をなさっているそうですが、もともとご親戚か何かですか？」

「いいえ、違います。この子は、親から棄てられた身の上でしてね。和歌山から大阪に出てきて、迷子のようになっているところを私が拾ったんです。拾ったなんて言葉が悪いかしら？　でも、逆に言うと私がこの子に拾われたのね」

二人が出会ったのは、六年前。場所は、ミナミの路上だった。御堂筋《みどうすじ》沿いにテーブルを出して、手作りのアクセサリーを売っていた。そこを通りかかった妃沙子が気まぐれに立ち止まり、品定めをしながら話したのが馴《な》れ初《そ》めだ。まず彼女の目に留まったのは、アクセサリーではなく売り子の青年だったのかもしれない。スカラベを象《かたど》ったブローチを買い求めた翌日、彼女はまた潤一の前に立った。やはり、お目当ては彼だったのである。モンキーフェイスがよかったのか。

「雨が降ってきたので、この子、慌てて店仕舞いを始めたんです。それを手伝ってあげて、『お茶でもどう？』と私が誘ったんですよ。小母《おば》さんが若い男の子をナンパしたわけね」くすりと笑って「立ち話の中で、この子がとても厳しい環境にいることが判ったので、放っておけなかったんです」

幼少の頃から、彼は実の両親に半ば遺棄《いき》されて育ち、小学校にもろくに通っていなかった。十二歳で母親と死別。十六歳の時には、父親が借金を踏み倒すために彼を置いて夜逃げをしてしまう。このままでは自分が債鬼《さいき》に拉致《らち》され、どこか恐ろしいところへ売り飛ばされるのではないか、と危惧《きぐ》した彼は、ためらうことなく家を棄てた。そして、頼るあてもなく大阪にやってきたのだ。

潤一が自ら語る。

「家といっても、山の中の掘っ立て小屋みたいなものです。僕たちは、孤立して暮らしていましたから。大阪にきた時はポケットに二千円しか持ってなかったけれど、故郷とも親父とも縁が切れて、清々《せいせい》しましたよ。あのおっさんのことは忘れよう、と思ったんですが……。半年ほどして、テレビのニュースで偶然に消息を知りました。親父も大阪にきていたんですね。酔って地下鉄のホームから線路に落ちたところを電車に撥《は》ねられて死んだんです。身元を証明するものを持っていなかったら、氏名不詳のままだったでしょう。名前と一緒に死ねただけ、幸運です」

父親の死に、彼は何の感慨も抱かなかった。自分が生きていくだけで必死の毎日だった。

「家出少年みたいなものですから、まともな仕事には就《つ》けません。ねぐらも確保できず、しばらくはホームレスです。ミナミをぶらぶらするうちに、ブランド品の違法コピーを売っている怪しげな男に声を掛けられて、しばらく商売を手伝ったりしました。そのうち自作のアクセサリーや版画を売るアフガニスタン人と親しくなって、彼の商品を扱っていたんです。彼のアパートに居候《いそうろう》しながら」

そんな潤一の人生を、妃沙子との出会いが一変させた。親から放置されて育ったため、彼は身の回りのことをすべて自分でこなした。そこを見込まれ、家政夫兼雑用夫として彼女に雇われることになったのだ。金儲けに忙しかった彼女は、そんな便利な人間がそばにいれば、と希望していたのだそうだ。

その頃の彼女は、天王寺《てんのうじ》区内のマンションを住居と仕事場にしていた。そこでの共同生活が始まる。潤一は、よく気のつく優秀な家政夫であったばかりか、孤独な彼女にとって心の支えにもなってくれた。お互いに身寄りのない境遇でもある。そこで、二人は出会った一年後、養子縁組によって深い絆を結ぶことにしたのである。

妃沙子が三十六歳、潤一が十七歳。結婚という形をとるには年齢が離れすぎている、というよりも、潤一は法的に結婚できる年齢に達していなかった。

「もう一年待てば、結婚も可能だったのでは？」

火村の言葉に、妃沙子は「はっ」とまた笑う。

「誤解なさらないでください。私とこの子は、そういう関係ではありませんから。もし、そうだったとしても、男女が結婚して縛り合うのは好きではありません。殿方は、女が自由にふるまうのが我慢ならないようですからね」

反射的に、古都美の話を思い出す。

――だから、おかしな事件に巻き込まれたりもしたんです。

「あなたがおっしゃっているのは、五年前の不幸な事件のことですか？」

妃沙子は、目尻を上げて火村をにらんだ。大きな口が、ゆっくりと開く。

「その件は、和憲さんのことと関係がありません。私たちの古傷に触らないでいただけますか。……不愉快」

潤一は不安げな目をして、静かに憤慨《ふんがい》するママを横目で見ていた。

5

事件は長引いた。

発生から十日が経過しても、警察の懸命の捜査にも拘《かかわ》らず曙光は見えてこない。保険金殺人が大好きなマスコミは依然として好奇の目を向けていたものの、血祭りにすべき容疑者を探しあぐねて、野次馬根性丸出しの報道は小休止に入っていた。

彼らは、保険金を手にする唯一の人物、古都美を〈白《しら》を切る不逞《ふてい》な容疑者〉に指名したかったと思われる。それができなかったのは、ひとえに彼女のアリバイが強固だったからだ。事件当夜、古都美が京都で旧友と会食していたことは、幾人もの人間が言明していて、当の旧友はもちろん、料理屋の従業員たちの証言について合理的な疑いを挟む余地はまったくなかった。また、保険金が入ったらその何割かを報酬として支払うという契約を古都美が何者かと結び、刺客《しかく》を差し向けたのではないか、と見る向きもないではなかったが、空想の域を一歩も出ないものだ。発作的な自殺にすぎないのではないか、という声も巷《ちまた》では囁かれ始め、そのおかげで古都美がダイエットサロンの営業を再開するにあたっても、さしたる混乱は起きなかった。

「殺しなんですよ。ただ、誰がどうやって殺したのかが判らん」

現場となった岸壁に佇み、小雨が降る海を眺めながら、船曳《ふなびき》警部は苦々しげに言った。大きく迫《せ》り出した太鼓腹も、怒っているかのよう。傘を差していないので、きれいに禿《は》げ上がった頭が、生温《なまぬる》い六月の雨を受けていた。

「盆野古都美が狡猾《こうかつ》そうな女やったら、あるいはもっと癖のある女やったら、週刊誌は舌なめずりをして叩いたかもしれません。ところが、催眠ダイエットという一風変わった商売をしていながら、これがなかなか人当たりのいい女で、なおかつアリバイも完璧に証明されたもんやから、自殺説に傾きかけているみたいですな。睡眠薬も故人が自ら服んだもので、半睡のまま飛び込んだんやろう、と。……そんなわけがない」

記者会見では、あえて秘している事実がある。誰が和憲の車をここまで運転してきたのかは不明だが、それは普通のドライブではなかった。市内の何十箇所にも設置されたオービスやNシステムに、該当車の記録がまったく遺っていなかったからだ。捜査本部は、それは偶然には起き得ない、と判断している。つまり、薬で和憲を眠らせた何者かがステアリングを握り、オービスなどを慎重に避けつつこの岸壁まで車を走らせてきて海にダイヴさせた、という見方が固まりつつあったのだ。それをあえて公表しないのは、犯人の油断を誘うために他ならない。

「事件当時、被害者は睡眠薬を服用していた形跡はありません。犯人がコーヒーに混ぜて飲ませたんでしょう。そうやって自由を奪ってから、殺した」

警部はそう確信していたが、捜査本部内にも様々な意見があり、反論する者もいる。保険金殺人の線もあるにせよ、犯人が自ら運転する車で海に突っ込むというのは無謀すぎる、というのだ。

「火村先生や有栖川さんの年齢では、ご記憶にないでしょうね。昭和四十九年に、本件と類似した事案が大分県でありました」

火村は文献を通じて知っていた。

「別府《べっぷ》で起きた事件ですね？」

警部はこちらを振り向いて、頷く。

「そうです。当時は日本中が大騒ぎになった事件で、容疑者の荒木虎美《あらきとらみ》は大変な有名人になりました。強烈なキャラクターをしていましたからね」

一九七四年十一月十七日、午後十時頃。大分県別府市の国際観光港の岸壁から一台の乗用車が海に転落するのを、夜釣りにきていた数人が目撃した。やがて、助けを求めながら浮き上がってきた男を救助したところ、彼は「車に妻子が乗っている」と言う。「妻が運転を誤って、海に落ちた」とも。海面には誰も上がってこない。救い出す術《すべ》もなく、四十一歳の妻、十二歳の長女、十歳の次女は車の中で溺死した。

生き残った四十七歳の夫、荒木虎美は「自分が運転していればよかった」と妻のミスを悔《く》やんだが、地元では保険金目当ての殺人ではないのか、という不穏な噂が流れ、警察も捜査を進めるうちに荒木虎美に疑惑を抱くようになっていった。彼を疑うのに充分な状況証拠があったからだ。

虎美と亡くなった妻とは、事件の二年前に結婚したばかりで、いずれも再婚だった。妻には三人の連れ子（女児二人、男児一人）がいた。虎美は、「子供が好きなので、子供がいる女性がいい」と言って、結婚相談所や民生委員に紹介を依頼した上、望みどおりの相手を見つけたのだ。彼は、姓を旧姓の山口《やまぐち》から荒木に改め、子供たちとは養子縁組を結んだ。それは、いい。

警察でなくとも虎美を疑いたくなるのは、彼が結婚後、妻と二人の娘にただならぬ額の生命保険金を掛けていたことだ。三人が同時に死亡した際、彼が受け取る保険金は、実に三億一千万円。現在でも首を傾《かし》げたくなる額であり、当時の貨幣価値からすれば異常と言うしかない。六つの保険会社に月十三万円ほどの掛け金を支払っていたわけだが、当時の国家公務員の初任給は七万二千八百円だった。また、最後の保険契約は、事件のわずか十二日前である。

虎美には、よからぬ過去があった。保険金を目当てに自分が経営していた店に放火し、懲役八年の実刑を受けた前科があり、出所後も脅迫や傷害などで再び服役している。そのいずれもが、人間性を疑いたくなる卑劣な犯行であった。そんな経歴をもって、妻子の死も虎美の計画殺人と決めつけることはできないにせよ、やりかねない、という心証を抱かせるには足る。

運転していたのは虎美ではないのか？　彼が故意に車を転落させて、妻子を殺害したのでは？　事故の前に、彼は水泳の練習もしている。そんな疑惑に対して虎美は、「運転していたのは妻だ。自分もあわや死にかけたのだ。そんな危険を冒して家族を殺そうとするはずがない」と真っ向から反論した。保険会社は、保険金の支払いを保留。警察は、他殺を証明するために懸命に物証を探したが、決定的なものはなかなか見つからない。難しい事件になった。

「八四、五年のグリコ・森永事件あたりから劇場型犯罪という言葉が一般化しましたけれど、この荒木虎美の事件がその先駆けでしょう」警部は言う。「私はまだ小学生でしたが、荒木虎美という男には、敵意を覚えました。『こいつ、犯人のくせしやがって、テレビでぬけぬけと無実を訴えとる』。真相を知ってるわけでもないのにね。笑わんでください。その頃から、いたって正義感が強かったんですよ」

虎美はマスコミの前で潔白をアピールし続け、ワイドショーにも出演する。海に沈んだのと同型の日産サニーが飾られたスタジオに現われ、ゲストの推理作家らと丁丁発止の舌戦を展開したりもした。形勢が不利になるや、激高《げっこう》して本番中に退席。そして、控え室で急遽《きゅうきょ》、記者会見を開いて言いたいことをまくしたてた後、テレビ局を出たところを警視庁捜査一課の刑事に連行された。ドラマチックな逮捕劇だった。

「公判が始まっても、彼は無罪を主張し続けました。弁護士は、妻の無理心中説をちらつかせた。物証はないままでしたが、状況証拠はさらに積み上げられます。虎美が複数いた愛人の一人と現場の下見をしていたこと。当夜、彼が車を運転しているのを見たという証人が現われたこと。服役中に『車ごと海に飛び込んで保険金をいただく』といった計画を仲間に洩らしていたこと、などなどです。突飛《とっぴ》な計画のようですが、その頃、アメリカでエドワード・ケネディ上院議員が車で事故を起こし、同乗していた女性が死亡するというスキャンダラスなニュースがあったんです。虎美はムショ仲間との話の中で、そのことにも言及していたそうですな」

被告人が罪状を否認するまま、大分地裁が八〇年に下した判決は死刑。八四年には福岡高裁が控訴棄却。虎美は上告したが、八九年に癌性腹膜炎によって医療刑務所で死亡。被告人死亡のため公訴棄却という形で、犯罪史に遺る事件の幕は下りた。

「状況からすれば真っ黒な男でしたが、真実は神様にしか判りません。捜査員は大変やったでしょう。自分が刑事になって、同じような事件を担当することになろうとは、参りました。——いやいや、参っている場合やないわ」

雨が上がったようだ。ナイフを入れたように雲が裂け、細い青空が覗いた。

「梅雨《つゆ》明けまでには、目処《めど》をつけたいもんです。荒木虎美の事件を捜査するにあたって、大分県警は同じ型の中古車を海に落として、フロントガラスなどの破損具合を調べています。われわれもそれに倣《なら》ってはどうか、という奴もいてるんですが、現状では無意味でしょう。あちらの事件と似たところもありますけれど、重要な部分が大きく違っています」

「判ります。落ちた車に盆野和憲さん以外の人間が乗っていたこと自体が立証されていませんからね」

「有栖川さんのおっしゃるとおり。荒木虎美のような容疑者がいない。われわれは猟銃をかまえながら、標的が見つからずに右往左往している段階なんです」

当夜、盆野和憲と彼のスカイラインを目撃した人間が見つからないのだから、同乗者の有無も不明のままだ。捜査は虚しく足踏みを続けている。

動機の面からたぐれば、容疑者の筆頭は古都美だ。彼女が享《う》ける利益は非常に大きい。次に考えられるのは、三松妃沙子であろう。彼女は保険金の直接の受取人ではないし、古都美が和憲の遺産相続を放棄すれば、古都美に対して「もらった保険金で借金を返せ」と言う法的な権利はない。そうではあるが、古都美は借金の清算を望んでいた。妃沙子が自分の友人であるからだ。本人の言葉をなぞると、「返さなかったら、あとが怖い」ということになる。そんな彼女の反応を妃沙子が充分に予見できたため、和憲殺害を企てたとも考えられる。また三松潤一は、母のために手を汚すことを厭《いと》わなかったかもしれない。

古都美が殺し屋を雇った形跡がなく、そのアリバイが崩れそうにないことが判るや、捜査本部は三松母子を執拗《しつよう》に洗った。しかし、結果は芳《かんば》しくなかった。

「うまくいかないものですな。妃沙子は高校時代に競泳でインターハイに出場したことがあるそうですが、現在は脚を痛めていて水泳どころやない。車の免許は持っていますが、運転も今は無理。息子の潤一は、なかなかの運動神経の持ち主だそうですけれど、まるっきり泳げないときた。ただの金槌ではなく、水恐怖症やとはねぇ」

七歳の時に海で溺れて以来、プールにも入れないということだった。海にダイヴした車から脱出し、人の目を避けながら泳いで、離れた岸壁から自力で這い上がる、といった芸当は到底不可能だ。

もちろん、彼自身や妃沙子がそう言ったからといって、鵜呑《うの》みにできるはずもなく、警察は裏づけを取ろうとした。妃沙子の元に集《つど》う若者たちに訊いたところ、「水を怖がって船には絶対に乗らない」「泳げないから、プールに誘っても断わられる」「漂流ものの映画も嫌がる」といった証言を得られたが、それしきではまだ不足だ。聞き込みにあたった森下刑事がなお疑わしそうにしていると、中の一人が「言いたくなかったけれど」とあるエピソードを打ち明けた。

去年の夏。潤一は、ママや数人の仲間たちと奈良県十津川《とつかわ》村の温泉に出掛けた際、ある事故に遭遇している。夕方、彼が一人で川辺を散歩していた時に、地元の男の子二人がわーわーと騒いでいるのに出くわした。どうしたのだろう、と駈け寄ってみると、友だちが足を滑らせて川に落ちたと言う。子供らは泣きながら「ほら、あそこ。助けて！」と懇願《こんがん》したが、潤一にはどうすることもできない。恐怖のあまり立ち尽くして、水面に出たり引っ込んだりする男の子の頭や手を見つめるだけ。泳げる者を呼びに行くこともできず、ぶるぶると顫《ふる》えるばかりだった。

「泳げないの？」との問いに頷くと、子供たちは別の大人を呼びに走った。報《しら》せを聞いてやってきた大人のうちの一人が、潤一の仲間の青年だった。彼は、森下にこう話した。

――子供は下流に流され、助かりませんでした。川はそんなに急流でもなかったし、深さは二メートルもなかった。それなのに、あいつは何もできなかったんです。俺は見ましたよ。あいつが顔面蒼白にして、『ごめんよ、ごめんよ』と死んだ子供に詫びているのを。何とかならなかったのかよ、と思ったけれど、責めるのもかわいそうでしょう。本人が一番つらかったはずなんだから。今もすっごいトラウマになってるみたいですよ。だから、俺も言いたくなかった。

この事故について地元の警察に照会したところ、はっきりとした記録が遺っていた。

「三人の容疑者がいる、と考えていいでしょう」火村が口を開く。「まず、盆野古都美。だが、彼女にはアリバイがある。次に、三松妃沙子。だが、彼女はアリバイはないものの、泳ぐことができないし、車の運転もできない。最後に、三松潤一。だが、彼もアリバイはないけれど、泳ぐことはおろか海に入ることもできない。ちぐはぐなことになっていますね」

皮肉な状況だ。このうちの二人もしくは三人が共謀したと仮定しても、何ら意味のある答えは出てこない。古都美は、〈泳げるが運転はできない〉のだそうだ。そんな彼女と〈泳げないが運転はできる〉潤一がコンビを組んだとしても、やはり今回の犯行は行なえない。犯行の動機を有し、泳げて、車の運転ができて、かつアリバイがない。それだけの条件を備えた者は、存在しなかった。

「最初に戻ってしまうけれど、催眠が犯行に利用されたということはないんやろうか？」私が火村に問い掛ける。「それが可能やったら、問題は解決する」

「アリス、それは安易だろ」

どきりとした。作家がその言葉をぶつけられるのは、たいてい〈創作姿勢が安易〉と咎《とが》められる場合だ。

「お前が言いたいことは判る。初めてこの現場にくる車中で、鮫山さんもそんなことを口走っていたからな。盆野古都美が催眠を利用して、『車ごと海に飛び込め』という暗示を夫に掛けたのではないか、と言いたいわけだ。そのやり口ならば、アリバイなんて関係なくなるからな。でも、心理学者を含む大勢の専門家がその可能性をきっぱりと否定している」

心理的な抵抗が強すぎると、被催眠者は催眠者の指示に従わないのだそうだ。催眠を深くすると抵抗は弱まるが、その場合は心地よさのあまり気力が減退して、やはり奇矯《ききょう》な行動には至らない。それは承知していたつもりなのだが。

「どこかに催眠の抜け穴がないもんかな。手順に盲点があるのかもしれへんやろう。被催眠者の抵抗感がない暗示を掛けて、結果として自殺を誘発したり、殺人をさせるような巧妙な方法。それを見逃してるということは……」

火村の反応は鈍い。

「具体的に話そうぜ」

「何を言う。それができたら、もっと堂々としてるわ」

私の死角で船曳警部がずっこける気配を感じた。

「具体的には言えんけれど……何かないか？　たとえば、潤一に『あなたは水が怖くない。夜の海で泳ぐこともできる』てな暗示は建設的や。潤一は、過去のトラウマに苦しむあまり、催眠で治療してもらおうとしたんやないか？　古都美はそのチャンスを利用して、殺人計画につながる暗示を彼に吹き込んだ」

「催眠で恐怖症や金槌が解消するのなら、人生はもっと楽になっていると思うぜ。記憶の一部を選んで消去するなんてことも、夢物語さ。世の中に無数の悩みがあるのは何故《なぜ》だ？　お前や俺が、あれやこれやに悩んでいるのは何故だ？　コンヴィニエントな魔法の呪文がないからさ」

「せやけど、催眠は実際に医療に使われているやないか。第二次大戦後、戦争神経症患者が治癒したことで、催眠の効果が英米の医学界に認められたらしいし」

古都美に聞いた話である。

「百万歩譲って、潤ちゃんを泳げるようにできたとしても、まだ犯行にはほど遠いじゃねぇか。目的は人殺しなんだ」

百万歩も譲られて、なお無理か。

警部は、晴れていく空を見上げていた。

「荒木虎美にはワルの前歴がありましたけれど、今回の関係者にそんなものはなく、むしろ他人から被害をこうむってきた人たちです。そこも違いますな。盆野古都美は夫の借金苦に悩まされていたし、三松潤一は厳しい境遇で育ち、色々とつらい目にも遭《あ》っている。妃沙子は金儲けをする上で強引なこともしてきたようですが、ショッキングな事件を経験した」

古都美が言うところの「おかしな事件」は、五年前に起きた。妃沙子は前のマンションにいて、当時も不特定の若者が出入りをしていた。妃沙子の望むままの暮らしだった。その安《あん》寧《ねい》を、武石納《たけいしおさむ》という男が切り裂く。妃沙子と仕事の上で接触があった武石は、彼女に密かに焦《こ》がれていたが、求愛を拒絶されるや嫉妬に狂った。養子縁組をしたばかりの潤一を実質上の愛人とみなして憎み、ナイフで襲ったのだ。いや、襲ったつもりだった。

悲劇と呼ぶしかない。留守番をしているところを急襲され、ナイフで顔から胸から腹までめった刺しにされたのは潤一ではなく、たまたま居候をしていた別の青年だった。武石は、犯行後に自分のしでかしたことの大きさに気づいたか、「潤一君を殺してしまった。死んでお詫びをする」と書き置いて、自宅で首を吊った。

「今回の事件には無関係、と彼女は息巻いていましたけれど、気になったものでね。資料を当たってみたんです。いやぁ、救いのない陰惨な事件ですよ。殺された青年も、潤一と似たり寄ったりの身の上でした。父親は女と出奔《しゅっぽん》し、母親も借金を遺して消えた。それで、やむなく大阪に逃げてきていたんですな。妃沙子の好意を受けて世話をしてもらったのはいいが、人違いで殺されてしまったんですから、哀れを極めます。無惨な殺され方だったようですよ。動揺した妃沙子や潤一の証言があてにならなかったので、歯形から本人であることを確認したんやそうです。被害者が健康保険証を持っていて、虫歯の治療歴があったので助かったとか」

その死体検案書に添付された写真は見たくない。

不自然な生き方をしているから、おかしな事件に巻き込まれる。友人の古都美が指していたのは、この事件のことだった。妃沙子のショックもさることながら、潤一の心も深い傷を負ったであろう。不憫《ふびん》な青年だ。

「盆野古都美は、友人の奔放な生き方を羨《うらや》んでるんやろうか？　非難するだけでなく、そんなニュアンスも感じたんやけれど」

私の呟きに、火村は「さぁな」と言う。

「古都美は、妃沙子の生活を間近で見ているわけじゃない。五年前の事件が起きた時だって、交際は途切れていたようだしな。実態を知らずに羨んでいるんだとしたら、それは妄想だ」

「それはそうやけれど、実態は俺もお前も知らんやないか」

「もう少しだけ知りたいよな」

火村は、事件のあった夜に彼女を訪ねた三人組との面談をセッティングしていた。今夜、午後七時に京橋駅前で会うことになっており、私も同行する。さしたる収穫は期待できないと思いながら。

「容疑者が三人」警部が指を三本立てる。「泳げる女、泳げない女、泳げない男。アリバイがある女、ない女、ない男。運転が、できない女、かつてできた女、できる男。……頭がこんがらがってきますね。ん？　こんがらがって、でよかったですか？　こんぐらかって、でしたか？」

苦悩のあまりか、警部は日本語さえ怪しくなっていた。

6

夏の光が眩《まぶ》しかった。

川面《かわも》がそれを反射していた。

ジージーと蟬時雨《せみしぐれ》が降るようだった。

――ほら、あそこ。助けて！

――早く！　早く助けて！

子供たちは、甲高《かんだか》い声で叫び、彼に縋《すが》る。川辺には、他に人の姿はなかった。

体を硬直させて突っ立った彼に向かって、涙ながらに助けを請う。

――早くして。流される！

――お兄さん、助けて！

泳げないんだ、と答えたつもりだが、か細い声が聞こえなかったらしい。懇願は、どうして助けてくれないの、という抗議に変わりつつあった。彼らの絶望が、心の芯まで届く。

――泳げないの？

ああ、と答えた。

子供たちは駈けだした。彼が役に立たないと悟り、他の大人を呼びに行ったのだ。何とかしてやりたいが、どうすることもできない。できないものは、できないのだ。

浮き沈みしていた男の子。その姿を見失った。波の下に没して、下流へと運ばれている。

――子供を見殺しにしようとしている。

わが身の不幸、残酷な運命に打ちのめされ、このまま泡のように消えてなくなりたい、と希《ねが》った。

夏の光は眩しく、蟬時雨が降るよう。

やがて、背後から足音が。聞き覚えのある仲間の声が、飛礫《つぶて》のごとく飛んできた。

——おら、潤一。何やってんだよ！

泳げない人間に、容赦のない叱責が浴びせられる。

僕は……俺は……。


「ぐっ！」

目が覚めた。

消したはずの明かりが点いている。戸口を見ると、ママが哀しげな顔で立っていた。その右手は、壁のスイッチを押したままだ。白々とした蛍光灯の明かりが、眩しくてならない。

「また夢を？」

その視線から顔をそむけて、小さく頷く。ママの吐息が聞こえた。

「子供を助けられなかったことね？　すんだことよ。忘れるしかないの」

そんなことは判っている。判っていて、できないだけだ。人間の心が思うようにならないことぐらい、自分だってよく知っているくせに。

「お水を持ってきてあげようか、潤ちゃん？」

いらない、と首を振る。

「かわいそうな子。あなたが、かわいそうでならない」

誰のせいでこうなったというのだ。ママのせいか、自分自身のせいか？　それとも、あの猿の手か？

「大丈夫だから、ほっといて」

ママに背を向け窓を見やると、外は深い闇。

夜の底にいた。

7

七時十分前に約束の場所に行くと、三人はもう待っていた。揃って茶髪にTシャツ姿だ。黒い無地のシャツ、正気では翻訳できない英文がプリントされたシャツ、ミケランジェロのダビデ像がプリントされたシャツ。どれも着古したもので、見るからに微笑ましいほど安物だ。トリオのうちの二人は、ギターケースを持っていた。

「時間を取らせて悪いね。八時までには切り上げるから」

火村が言うと、キリスト風の髭面《ひげづら》が愛想のいい笑みを返した。

「あ、ちょっとぐらい超過してもいいですよ。その分、ご馳走になれるんなら」

他の二人が、うんうんと同意する。話を聞かせてもらう代償は、ファミリーレストランでの夕食だった。食生活で苦労しているのが窺《うかが》える。

　JRと京阪電車、二つの京橋駅の間は、勤め帰りの人々で混雑していた。変わらぬ日常で、ストリートミュージシャンがパフォーマンスを演じているのも、この駅前ではお馴染みの風景だ。人の流れを横断して、私たちは目星をつけていた店に向かった。店内はざわついていたが、大声でできない話をするには都合がよい。三人はハンバーグ定食などを、火村と私は軽食を注文した。

「妃沙子さんのことを訊きたいそうですけれど、怪しい人やないですよ。世話焼きの小母さんっていうだけで。あ、僕は日比野《ひびの》といいます」

　黒シャツのキリスト髭が、開口一番に牽制球を投げる。それは判っているんだよ、というふうに火村は鷹揚《おうよう》に頷いた。

　支離滅裂な英語を胸に掲げた瓜実《うりざね》顔の男が小川《おがわ》、ミケランジェロ柄の小太りな男が笠間《かさま》。日比野と小川は中学時代からの友人で、笠間は妃沙子のところに出入りするうちに親しくなったのだそうだ。日比野と小川が二十三歳のフリーター。笠間が二十歳の大学生だ。

「僕らは、あの人のことを〈妃《きさき》〉とか〈お妃様〉と呼んでいます。妃沙子の妃を取って。初めて会ったのは、去年の二月です。雪がちらつく中、僕と小川が梅田の歩道橋で楽器を弾いていたら、妃から声を掛けられたんです。『寒いのに、最後までよくがんばったわね。指はちゃんと動いた？』とか言って」

これまたナンパか。おそらく小川君に惹かれたのではないか。彼は、妃沙子お好みのモンキーフェイスだった。

「『晩ご飯は食べていないの？　じゃあ、これで』と、おひねりをもらいました。その後も、僕らの演奏を何度か聴きにきてくれて、家に招かれるようになったんです」

あまりないことだと思うが、とても自然ななりゆきだったようだ。若い才能を応援してくれる裕福なご婦人に認められ、二人は素直に喜んだ。

笠間が妃と出会ったのは、その少し後。桜がちらほら咲き始めた季節に、アルバイト先の喫茶店で知り合った。地方から出てきて友だちがいなかった彼は、「私のところに面白い子たちがいるわよ」と誘われていた。

「変な人だったら怖いな、とも思ったんですけれど……。晩飯につられて遊びに行ってみたら、日比野さんや小川さんがきてて……。いっぱい食べさせてもらって……。潤一さんも親切で……」

語尾が煙のように消えていくが、言っていることは理解できた。雑踏で歌うくせに、人見知りが激しいのだろう。そんな彼も、妃沙子はさらっと籠絡《ろうらく》したわけだ。

日比野と小川がストリートで音楽をやっていると聞いて、笠間は「僕も歌なら……」と自信を示したので、以来、三人はトリオで野外活動に勤《いそ》しむことになった。今日も腹ごしらえがすんだら、駅前に立つのだ。

「妃沙子さんは、若い人をまわりに集めて、どうしたいんだろう？　ただ話をするのが楽しいだけなのかな」

火村の問いを予想していたらしく、日比野が間髪入れずに答える。

「はい、そうです。僕らを順にベッドに引き入れて、夜伽《よとぎ》をさせているわけやないですよ。そんなふうに勘繰る人もいるみたいですけれどね」

あとの二人も言う。妃は、若い男と他愛もない話をすることで心の隙間を埋めているのだ、それが生き甲斐なのだ、と。

「ご馳走になったり、励ましてもらったり、世話にはなってるけど」

「妃も満たされてるわけだし」

「いわば共生……」

相互がボランティアということか。まぁ、都会の片隅にそんな人間関係があってもおかしくはない。

「せやけど、彼女には養子の潤一さんがいるやないですか」私が言う。「心の隙間や孤独は、彼だけでは埋まらへんのかな？」

三人で顔を見合わせてから、日比野がコメントした。

「そこが欲深いところかな。何人もに囲まれていることが大事なんでしょう。傅《かしず》かれなくてもええから、囲まれたい。そうしてたら、気に入った誰かを独占せんでもすむでしょ。妃は、潤一さんを私物にしたいわけやのうて、『時期がきたら、ちゃんと結婚しなさいよ。息子のお嫁さんを見るという楽しみを味わいたいんだから』とか言ってますし」

「ははぁ。そう言えば、妃沙子さんのところに出入りする若い子は、ころころと替わるそうやね。なるほど、独占はしたがらへんわけか」

理屈ではない。そういう性癖なのだ。

「はい。僕らも、適当なところで『お世話になりました。成功したらお礼に戻ってきますから』と離れるつもりです。先輩たちと同じく、飽きられて疎まれる前に、さよならしますよ。唯一の例外が潤一さんやったんですね。養子にして、ずっとそばに置いた」

「あの人、きっつい育ちらしいから、特別に……。そういう人に妃は弱いから……」

「小川以上の猿顔やしな。妃の猿好み」

「ほっとけ」

緊張がほぐれてきたらしい。舌の回転が滑《なめ》らかになってくれたのはいいが、あまり実《み》のある情報は出てこない。単なる雑談になりかけたところで、事件があった夜の話になる。何か新事実が浮上するのではないか、という期待も虚しく、彼らの証言は既知のことに終始した。

「僕が知り合いから変わったワインをもらったので、妃に持っていったんです。たまにはお返しをしようと。それを開けて、潤一さんも含めた五人でしばらく話しました。九時半に帰るまで、変わったことはありませんでしたよ。その後ですか？　僕らは梅田に移動して、ちょこっと地下街で演奏しました。阪神ソフトバンク戦があったので、甲子園帰りのお客が目当てです」

答えてから、日比野はライスをおかわりした。よく食べるキリストだ。

「君たちの他に、妃沙子さんと接触がある若い人はどれぐらいいる？」

「中国人とフィリピン人の留学生がいたけれど、今年の春に帰国しました。今は、僕らぐらいです」

彼らが潤一から聞いたところでは、一年から二年のサイクルでメンバーが替わるらしい。

潤一の水恐怖症についても尋ねてみたが、答えはこれまで聞いていたことの繰り返しだ。三人は、去年の夏に妃沙子とともに十津川村に遊びに行っており、潤一が溺れる子供を救えずに立ち尽くしていたところも目撃していただけに、じかにその時の話を聞くと生々しかった。

「盆野和憲さん、あるいは古都美さんについて話が出たことは？」

口々に「いいえ」「聞いたことがありません」「何も……」。妃沙子が多額の金を人に貸していたことも知らなかった。

二杯目のコーヒーを飲み干したところで、火村は刺激的な話題を持ち出した。五年前の殺人事件である。どんな反応が返ってくるかと思いきや、

「潤一さんと間違えて殺された……。そんな人がいたんですか？」

日比野がテーブルに身を乗り出した。他の二人も驚いている。考えてみれば、そんな暗く忌《い》まわしい出来事を妃沙子がわざわざ打ち明けることもないわけで、彼らが知らなかったのも当然か。

「殺されたのは、庄田洋次《しようだようじ》さん。妃沙子さんのマンションに居候していたところ、潤一さんと間違って殺されています。犯人は、最後まで相手を勘違いしていたようで、『潤一さんを殺した』と罪を告白する遺書を遺して自殺しました。庄田さんは、潤一さんと同じく和歌山県の出身だったので、犯人と言葉を交わした際、方言が出たことが災いしたのかもしれません。――ご存じありませんでしたか」

三人は、じきに平静を取り戻した。とうに過ぎた昔のことなのだから、狼狽《ろうばい》するほどでもないのだ。

「殺された人も、こんな感じのご面相だったんでしょうね」

日比野に顎を摑まれて、「やめんか」と小川は怒った。

「猿好きだもんね。妃、猿が……。猿の手……」

最後に妙な言葉が聞こえた。私が訊き返すと、やはり猿の手だ。訥弁《とつべん》の笠間に代わって、日比野が説明してくれる。

「妃は、おかしなものを大切にしてるんです。猿の手のミイラ。潤一さんと会うよりも前に世話をしたイギリス人のバックパッカーにもらったそうですよ。インドの行者の魔法が掛かっているって言ってます」

「願い事を三つかなえてくれる手?」

「有栖川さん、知ってるんですか。へぇ、さすが推理作家」

犯罪学者は、きょとんとしている。彼がジェイコブズの名編を読んでいなくても、驚くには当たらない。

「有名な怪奇小説の傑作に『猿の手』というのがあるのは知ってる。けれど、あれは純粋なフィクションで、魔法の猿の手なんてものは実在せえへんよ」

「ええ、そうらしいですね。でも、イギリス人によると、その小説は実話を元にしているということですよ」

見事に担がれている。そんなわけがないだろ。そのミイラは、きっと旅行中に手に入れた擬物《フェイク》だ。

「『小説に描かれていた猿の手は右手で、自分がもらったのは左手』だと……。嘘なんですか? はは、そうなんや。イギリス人って、冗談がうまいんやなぁ。潤一さんはともかく、妃はすっかり信じていますよ。しっかりした人なのに、迷信やオカルトにはちょっと弱いんです。『これに祈ると願い事を三つかなえてくれるけれど、その見返りによくないことが起きるから、めったなことでは使えないの』と真顔で言ってました。『だから、まだ一度も使ったことはない』と」

猿の手だの鰯《いわし》の頭だのに願《がん》を掛けて盆野和憲を殺した、と考えるぐらいなら、古都美がスーパー催眠を駆使した可能性を探る方がまだましだ。せっかくの面談は、与太話で締め括られた。

八時が近づいたので、私たちは荷物を手に席を立ち、駅前の広場で別れた。ついでだから、彼らの演奏を視聴することにする。日比野と小川がアコースティックギターをかまえ、笠間がハーモニカ、いやブルースハープをポケットから取り出した。そして、さっきまでと人が変わったように快活な声で、ひと声叫ぶ。

「京橋はええとこだっせ！」

ブルース調の曲が始まった。思いのほか渋くてアダルトな歌と演奏だった。

8

今夜は、火村を私のマンションに泊めてやることになっていた。地下鉄の四天王寺前夕陽《してんのうじまえゆうひ》ケ丘《がおか》駅で降り、コンビニで缶ビールを調達した。部屋に戻ると、まだ九時前だ。時間を持て余すかもしれない。わが阪神タイガースがどうなっているかチェックしようとしたら、野球中継がない。今年から始まったセ・パ交流戦の予備日で、土曜日だというのに試合がなかったのだ。がっかりしてテレビを消した。

留守番電話の赤いランプが点滅していたので再生してみると、京都に住む同業者、朝井小《あさいさ》夜子《よこ》女史からのメッセージが一つ。いつものハスキーヴォイスだ。来週、大阪に取材で行く。案内してもらいたいところがあるそうで、「よろしゅう頼みます」で締め括られていた。あとで返事しておこう。

「『猿の手』って、何なんだよ」

ソファにもたれた火村は、缶ビールのひと口目を呷るなり訊いてきた。気になっていたのだ。知り合いの編集者が送ってくれた山形のグリーンアスパラを茹《ゆ》で、皿に盛って出す。

「これまで内外でたくさんのアンソロジーに収録されてきた怪奇小説の名作や。作者はイギリスのウィリアム・ジェイコブズ。文庫本にしたら二十ページ足らずの長さしかないけど、中身はとても充実してる。この中に、魔法が掛かった不思議な猿の手が出てくるんや」

「願い事を三つかなえてくれるが、見返りによくないことがあるんだって？　不親切な手だ」

事件の真相解明には役立たないが、後学のためにどんな物語か教えてやろう。細部を本で確認しながら話して聞かせる。

老いたホワイト氏が息子のハーバートとチェスを打っているところへ、ホワイト氏の旧友モリスが訪ねてくる。世界各地を旅して歩いている軍人だ。ホワイト夫人をまじえた三人は、お客の珍しい話をしばし楽しんだ。

そのうちホワイト氏は、いつかモリスが話しかけた猿の手のことを思い出し、尋ねてみたところ、友人はポケットから実物を出して見せた。三つの望みを聞いてくれるもので、インドの行者が「人の生涯は定められしもの、逆らう輩《やから》はそれ相応の報いを受ける」という教訓にするため、呪いを掛けたのだという。モリス自身、それを試したところ、願いはかなったらしい。だが、彼は猿の手は「充分災いの種になった」とも言い、暖炉の火にくべようとするのだった。

ホワイト氏は慌てて拾い上げ、モリスが用ずみならば、と譲ってもらう。友人は浮かぬ様子のまま、請われてその使い方を教えた。右手で高くかざして、はっきり声に出して願い事を唱えるのだ、と。

「お客が帰った後、猿の手の効力を試してみよう、ということになる。家を買い取るために二百ポンドを所望することに決めて、ホワイト氏が作法どおりに願い事を唱えたところ、その手が蛇のようにくねくねと動いた!……ような気がした。唱えはしたが、金は現われない。やはり迷信だったようだ。ハーバートは寝室に向かう前に暖炉を見たら、炎の中に猿のような顔が浮かび上がったのを見て、ぞっとする」

火村がぼそりと言う。

「さすがは古典だ。古くさいな」

「黙って聞いとけ」

翌日、老夫婦が昨夜のことについて話しているところへ、息子が勤める会社の使いが悲しい報せを持ってやってくる。

「ハーバートが工場で機械に巻き込まれて死んだ。そう聞いて、夫妻は驚倒する。すると、使いの者は会社の責任を否定しつつ、補償金を出すと言うんや。その額が……ちょうど二百ポンド。妻は、気絶した」

ぞおっとした、というふうに火村は肩を揺すった。こいつ、珠玉の名編を馬鹿にしやがって。いや、私の語り口が陳腐《ちんぷ》なせいか？

「ここまでが話の前段や」

二マイルほど離れた墓地にハーバートを埋葬し、夫妻は悲しみに沈んだまま日々を送った。息子の死から十日目の夜、妻があることを思いつく。猿の手はまだ二つの願いを聞いてくれるのだから、息子を連れ戻すこともできるのではないか？　夫は「気は確かか」と戦《おのの》くが、妻は本気だった。

「せがまれて、夫は第二の願いを唱える。『わが息子を生き返らせたまえ』。……しかし、何も起きなかった」

「ふむ。と思わせて、どうなるんだ？」

「しばらくして、玄関のドアがノックされる。妻は叫んだ。『忘れてたわ、二マイルも離れてたのを』

「なるほど、二マイルほど離れた墓地という描写は伏線だったのか。芸が細かいな。――それで？」

聞き手が興味をそそられてきたのが判った。それでよし。私は身振りをまじえながら、クライマックスへ突入していった。

「妻は、ドアを開けようと階段を駈け下りるんやが、チェーンと閂《かんぬき》をはずすのに手間どる。一方夫は床に投げ出した猿の手を捜すが、なかなか見つからなかった。ノックはすさまじい連打となって、その音は家中に響いていた。閂がはずれる直前、夫は猿の手を見つけて、最後の願いを唱える。すると！」

不意にノックがやんだ。次の瞬間、ドアが開く音がして、冷たい風が階段から吹き上がってきた。そして、妻の嘆きの声。そこから先は朗読だ。

「『勇気を奮い起こした老人は、階段を下りて妻のもとへ行き、さらに表の門まで走り出た。向こう側でゆらめく街灯が、誰もいない道をしみじみと照らしていた』」

火村を見ると、ソファに身を埋《うず》めて瞑目《めいもく》していた。眠っているのか？　いや、そうではなかった。おもむろに腕組みを解いて、こう言う。

「名作だ」

「やろ？」

怪談音痴がようやく認めた。溜飲が下がる思いがする。

「なるほどな、確かによくできている」

「火村先生に絶賛してもらうまでもない。悲しくて寂しい怪談やろう。俺は純愛もののドラマや小説には白けるタイプやけれど、こういう小説には目頭が熱くなる。――ハンカチ、貸そうか？」

「泣くかよ」

熱弁で喉が渇いたので、ビールをぐいと飲んだ。火村の感動を引き出せて、ひと仕事終えた気分だ。マヨネーズをつけたアスパラがうまい。

「この小説には、あからさまな超自然現象が出てこない。すべてが寸止めになっているところが味噌だな」

助教授はそんなふうに評した。彼らしい着眼点だ。

「そういうことかな。それでいて、ちゃんと怖がらせてくれるのがええ。クライマックスは、『アッシャー家の崩壊』なみのサスペンスや。ドアをノックするゾンビを想像したら、鬼気迫る。埋葬から十日目というのが効いている」

「十日というのは両親が悲しみのどん底まで沈んで、母親の心に魔が差すまでの期間であって、死体がゾンビになるまでの期間じゃない。息子が死んだ夜に、『そうそう、猿の手にお願いしましょう』では、夫婦が浅墓《あさはか》に見えるからな」

何を言うか。

「埋葬して十日ほどたった腐乱死体が歩くから怖いんやないか」

「死体は歩かない。ゾンビが出てきたら超自然だろう」

「せやから、それを読者の前に出す手前で止めているのが、この怪談の味噌――」

火村が言葉をかぶせる。

「いや、ゾンビなんて影も形もない。ハーバートは生き返らないんだから」

「そう。最後の願い事が間に合《お》うたからな。それまではドアの向こうに――」

「アリス。お前、何か解釈を間違ってないか？」

彼は持ち上げかけた右手を虚空《こくう》で止め、怪訝そうにこちらを見ている。解釈を間違っていないか、だと？　こんなストレートな物語を、どうやったら誤読できるというのか。しかも、小説が専門領域の私に「何か解釈を間違ってないか？」とは無礼極まる。

おかしな沈黙がやってきた。火村はしばし静止していたが、やがてビールを啜《すす》って、缶をテーブルに置く。

「お前が読んでいたその本、ちょっと見せてくれ」

栞《しおり》を挟んで渡すと、最初から読み始めた。眼球がせわしなく上下して、次々にページをめくる。粗筋《あらすじ》を聞いたばかりなので、通読するのに十分もかからなかった。

「……やっぱり」

「何がやっぱりや？」

「やっぱり俺が思ったとおりだ。だけど、お前の読み方が正しいんだろうな。そういう仕掛けの小説なんだ」

この先生が言わんとするところが、さっぱり判らない。

「繰り返すが、この小説の中に超自然現象はいっさい登場していない。作者の筆は、巧みにそれを避けているじゃないか」火村は再び本を開いて「たとえば、ここ。親父さんが最初の願いを唱えた後、猿の手が蛇のようにくねくねと動いた、という場面があるよな。しかし、手が動いたという客観描写はどこにもない。ホワイト氏が手を投げ出して、『こいつ、動いたぞ』と大声をあげるだけだ。妻が『きっと思いすごしですよ』と言っているとおり、思いすごしだろう。呪いの手という伝説が暗示になったわけさ」

思いすごしなのか現実に動いたのかは、判断できない箇所だ。それは読者の想像に委《ゆだ》ねられている。

「あるいは、ここ。ハーバートが暖炉を見ていて、炎の中に無気味なものが浮かび上がる場面。『それは恐ろしい猿のような顔だった』。こんなものは、それこそ錯覚だろう。子供がきゃーきゃー喜ぶ心霊写真みたいなものだ。その気になれば、炎の中に龍神様でもフェニックスでも見える」

否定はしないが、そんな箇所にこだわるのは見当はずれに思う。

「猿の手には、呪いだか魔法だかが掛けられているという。しかし、それが現実に影響力を及ぼすものか否かは、作中でも最終的に決定不可能だ。ホワイト氏が『われに二百ポンドを授けたまえ』と唱えた翌日、息子の死の見舞金という形で二百ポンドが転がり込んできたのは、純粋に偶然だと取ることもできる」

「信じられないほどの偶然やけれどな」

「百五十七ポンドなんて半端な金額を望んだわけじゃない。きっかり二百ポンドというのは、偶然の一致としてあり得る」

　妥協してやろう。

「判った。この小説は、超自然現象を描くことを避けている。それが起こりながら、あえて描かないところにオリジナリティがあるわけや」

　火村は、尖った鼻の頭を掻いた。まだ話が嚙み合わないようだ。

「こっちから火村先生に尋ねようか。猿の手が動いたことや、炎に猿の顔が浮かんだことは、気のせいと解釈することもできる。しかし、最後の願いを唱える前、何者かがやってきて玄関をノックしたのも錯覚か？　違うやろう。ドアは乱打されたんやから」

「ああ、空耳ではないな。いったい何だったのか不明だけれど、通りすがりの酔漢が悪戯《いたずら》をしたのかもしれない。妻がドアを開けたら誰もいなかった？　そりゃ悪戯だから、ダッシュして逃げたんだろ」

「そこまで言うたら、負け惜しみのこじつけっぽいけれどな。――いや、せやから何が言いたい？　ドアの前に立った血まみれのゾンビを直接描いてないところが、この小説の味噌や。それでええんやろ？」

私は火村から本を取り上げて、しかるべき箇所を引用する。

「ちゃんと書いてある。息子を生き返らせるように望む妻に対して、夫はこう言う。『もしふた目と見られない無残な姿で現れたら、どうするんだ』。な？　作者は、ここでゾンビを想像するよう読者に促している」

助教授は、私から本を奪い返した。

「いいや、違う。作者はそう促しながら、別の結末を仄《ほの》めかしている。とても技巧的な小説なんだ。いいか、その前の文章をよく読め。お前は推理作家でありながら――」

異変が起きた。

突然、火村は口をつぐんで黙る。まるで重大な忘れ物を思い出したかのように、その目には驚愕の色があった。

「ど、どうした？」

「盆野和憲を殺した方法が判ったような気がする。とんでもないことを見逃していた。俺も、お前も、警察も」

どうして怪奇小説の『猿の手』とあの事件が結びつくのか、理解できない。頭が混乱してきた。

「まさか、妃沙子が猿の左手とやらを使って、和憲が車の運転を誤るように願った、とか言うんやないやろうな?」

「そんなスーパー催眠よりも非現実的なことを考えるわけがないだろう。——怪談が犯罪捜査の役に立つこともあるんだな。こんな経験は初めてだ。『猿の手』を読んでくれたお前に感謝しなくちゃならない」

彼はソファの背に掛けていたジャケットから携帯電話を出し、短縮ボタンを押した。相手は船曳警部のようだ。

「火村です。ちょっといいですか? 至急、調べていただきたいことがあるんです。常識はずれなことを言いますが、よく聞いてください。探せば証拠か証人が見つかるかと思うのですが——」

彼は、思いもかけなかった仮説をまくしたてる。あの怪談からこんな推理が導き出されるのか。私は、啞然として聞いていた。

9

刑事たちは、何の前触れもなく押しかけてきた。火村という学者、有栖川という作家も一緒だ。不意の来訪にママは鼻白みながらも、やむなく部屋に通した。

「潤一さんに話があるんです」

つるつる頭の海坊主みたいな警部が、気味の悪いことを言う。何事かと思ったら、例の事件の捜査に大きな進展があったらしい。ママと並んでソファに座り、そのあらましを聞いた。次第に、息苦しくなってくる。

――そこまで摑んでいるのか。

盆野和憲とその愛車が、事件当夜の午後十時過ぎに浪速《なにわ》区内の路上で目撃されていること。同日十時半、和憲と立ち話をしてから車に乗り込む男についても目撃証言があり、その男の似顔絵が作製されていること。それが三松潤一に酷似《こくじ》していること。

ここまで聞いただけで腋《わき》の下に汗がにじんできたが、捜査の手はさらに進んでおり、睡眠薬を買い求めた薬局も警察は洗い出していた。

「その客の人相風体《ふうてい》も、あなたによく似ているんですよ、潤一さん」

喉元に刃物を突き付けられているようだ。いや、真綿で頸《くび》を絞められている、という方がふさわしいか。

「あなたは、和憲さんとお会いになったんではありませんか？　もしそうなら、隠し立てすると大変まずいことになります。すべて正直に話していただきたい。話せば長くなる事情がおありなんでしょう。ここでは何ですから、できれば署で――」

ママが大きな声を出して抗議した。まるで潤一が容疑者のようではないか、警察署で取り調べを受けるなんてとんでもない、どうしてもこの子を連れていきたいのなら逮捕状でも取ってこい、と。冷静さを欠いた声を耳のそばで聞いているうちに居たたまれなくなる。

「まぁ、落ち着いて」

警部はママを宥《なだ》めて、こちらに「どうですか？」と問い直す。恐ろしくて答えられない。警察に連れていかれたら、たちまち頽《くずお》れてしまいそうだ。

「僕は……行きません」

「おや、そうですか」

太った警部は、残念がった。

「積極的に捜査にご協力いただけると思ったんですが、駄目ですか。失望しました」

火村の視線を感じる。横っ面に、突き刺さるようだった。ひりひりと痛みすら感じて、そっと左手で撫でる。

興奮のあまりか、ママが杖にすがって立ち上がった。そして、警部らを見下ろしながら訴える。この子に殺人犯の嫌疑を掛けているようだが、それはとんでもない間違いだ。あの夜、私はずっとこの子と一緒にこの部屋にいたのだから、アリバイがある。それを信じてもらえなかったとしても、この子は泳げないどころか、海に近づくのを嫌がるほど水を怖がっているのだから、和憲さんを殺した犯人であるはずがない。後生だから、この繊細な子の心を傷つけないでもらいたい。そんなことを、切々と。

——僕を守ろうとしてくれている。

ほんの少しだけ、救われた心地がした。

「もうそれは通用しませんよ。話の前提が崩れたんです」

警部の口調には、微かな哀れみの色があった。

左の頬が、いよいよ痛い。火村は黙ったままだが、いつか口を開くのだろう、そして、自分を破滅させるようなことを告げる。そんな不吉な予感がしていた。ちらりと、その顔を見ると、謎めいた犯罪学者の眼光はやはり鋭かったが、瞳は妙に澄んでいた。それが不思議だった。

一方、ママは恐慌をきたしかけている。

「話の前提って、どういうこと？　いったい何が崩れたのかしら。さっぱり判らないわ。おお、怖い。潤ちゃんを海に投げ込んで泳げるかどうか実験しようって、今にも本気で言い出しそう」

「そんな無茶な実験ができるわけないでしょう。——ねぇ、先生」

警部は、火村を見た。犯罪学者の唇が、すっと開く。

「水を恐れて、泳げなかったのは潤一さんだ。あなたは違うでしょう、庄田洋次さん？」

何のことですか、のひと言が出なかった。とぼけそこね、言葉を失って体が化石となる。

——ばれた。どうしてばれた？

絶妙のタイミングで足払いを掛けられ、転倒してしまった。起き上がることができない。敗北の二文字が浮かぶ。

うな垂れた頭に、警部の声が注いだ。

「あなたが庄田洋次さんであることは確認ずみです。掘っ立て小屋のよう、と評した和歌山の生家はすでに取り壊されていましたが、神様はわれわれを見捨てなかった。あなたは、たいそう絵がお上手だったんですね。小学校にその優秀な作品が保管されていましたよ。白浜《しらはま》に海水浴に行った時の絵が。もう十五年も前の作品ですか。その表にも裏にも、指紋が遺っていました。いずれも経年変化に耐えてきれいなものです。内緒で照合させてもらいましたよ」

「……いつ、何と？」

やっとこさ、それだけ尋ねる。

「あなた、二日前にミナミで旅行に関するアンケートを求められて、丁寧《ていねい》に答えてあげましたね。騙《だま》して申し訳ありません。あのアンケートはガセで、あなたの指紋を採取するためのものでした。それを使わせてもらいました」

――アンケート用紙を差し出した女の子が可愛かったから、言葉巧みだったから、つい答えてしまった。

「うちの交通課の者です。なかなか役者でしょう？」

一瞬だけ口許に浮かべた笑みを引っ込め、警部はママに言う。

「あなたからも色々と伺いたいことがあるので、ご同行願いたい」

ママはソファに腰を落として、ぐったりとなる。その口から、予想もしなかった言葉が発せられた。

「あなた、馬鹿なことをしたの？　おお、まさかそんなことはあるまい、と思っていたのに。あなたが本当に和憲さんを……」

わが耳を疑った。ママは、そんなふうに白ばっくれるのか。私は猿の手に願いを掛けただけ、と言うつもりなのか。あんなものに魔力が宿っているはずがない。願いを唱えながら、暗黙のうちに「お前がやれ」と命じたのではないか。

願わくは、盆野和憲に不慮の死を。

あれが命令でなくて何だ。

大金を注ぎ込んだ株が紙屑となり、損金を取り戻そうとした逆張りはすべて裏目に出て、ママは苦しんでいた。「おお、あれが今あったら」と、和憲に貸して焦げつきそうな金のことを悔やんでいた。だから、その死をリクエストしたのだ。

「ママ」

呼びかける。

「猿の左手は願いをかなえてくれるだけで、見返りに悪いことが起きたりしない、と思っていた?」

彼女は、小首を傾げている。

「僕は、ずっと苦しんでいたんだよ。最初の願いがかなったおかげで、ひどく苦しんだんだ。悪夢にうなされていたじゃないか」

遠い蟬時雨の幻聴が聞こえる。

「見返りはあったんだよ。二度目の願いだって、ほら、こんな結果だ。ママは、僕と引き裂かれるんだよ」

判ってもらえないようだ。

ママにだけは理解して欲しいのに。

ふと振り返ると、火村の視線があった。

判っている、とその目が言っていた。

10

大阪を案内して欲しいと言うから、どんな取材がしたいのかと思ったら……。

やれやれ。朝井小夜子女史のリクエストは「大阪湾に死体を沈めるとしたら、どのへん?」というものだった。浪速っ子の私としては、もっと素晴らしい大阪を描いてもらいたかったのだが、そんな思いは推理作家なんて人種——私もか——には通じない。しれっと言い返されてしまった。

「せやかて、京都に海あらへんもん」

日本海側まで行けばあるが。

「そんなもん、大沢池《おおさわのいけ》でも深泥池《みどろがいけ》でもええやないですか」と言っても聞かない。次作では、どうしても死体を海に投棄しなくてはならないらしい。

先輩作家の頼みを無下にするわけにはいかず、私は愛車のブルーバードを駆って、大阪北《ほっ》港《こう》から南港までぐるりとベイエリアを回ってさしあげた。途中、盆野和憲が車ごと海に落とされたあの岸壁も通ったので、事件に関する丁寧な解説というサービスつきだ。火村と私が捜査に加わっていたことを知っていたので、根掘り葉掘りの質問攻めとなった。

「詳しい話は、直接あいつから聞きますか？　庄田洋次が犯行を自供したので、起訴に向けてあれこれ詰めるために、火村先生は今日も大阪にきてるんです。夕方には体が空《あ》く、と言うてましたよ」

その提案に、すかさず乗ってくる。助教授の携帯に連絡を入れてみると、水上警察署を六時に出るということだったので、その頃合に地下鉄大阪港駅前で待ち合わせることにした。

五分遅れてやってきた彼と落ち合い、近くの店にふらりと入った。外見はありふれた佇まいだったのだが、普通のレストランではない。外国語が書かれた浮き輪、木彫りのマドロス像、飴《あめ》色に変色した舵《かじ》などが飾られており、カウンターの奥には世界各国の酒のボトルが並んでいる。銀髪のおカッパ頭をした女主人に訊いてみると、食事もできるということだったので、隅の席に着いた。六つあるテーブルの二つに客がいた。

昔は船員バーだったのだ。今では外国船は南港に入るようになったので、往時の商売は成り立たなくなり、レストラン兼バーに転身したのだろう。それでも遠い国からやってきた海の男たちの匂いが遺っているようで、異国情緒が漂う。

「いらっしゃい。メニューをどうぞ、ゲオルグ。はい、ミハエル。お水。どうぞ、ソフィア」

銀髪の女主人が何を戯《たわむ》れているのか、最初は判らなかった。どうやらお客を外国人名で呼んで遊んでいるらしい。私はしばしミハエルか。変わった店だが、料理のメニューにあるのはありふれた洋食ばかりだ。まずワインを選んでから、ゲオルグと私ミハエルはカツレツ定食、ソフィア姐《ねえ》さんはボルシチを注文した。

乾杯をする前から、小夜子は例の事件の話題を食卓にでんと載せる。

「また大きな事件を解決しましたね、ゲオルグ火村先生。えらいまた推理小説的な真相やったやないですか。殺したい相手を睡眠薬で眠らせといて、自分が運転しながら車で海に飛び込んで溺死させる、というだけでも突飛やのに、その犯人が五年前に死んだと思われてた人物やったやなんて。現実の犯罪者も、色々と知恵を絞ったり冒険したりするもんやね。——

犯人は、もう完全に自供を?」

ワインがきた。

「状況証拠しかなかったので警察としても苦しかったんですが、落ちてくれました。正体が露見したことと、すべてを彼の責任に帰そうとする三松妃沙子の態度が二重にショックだったんでしょう。取り調べには、とても素直に応じています。公判中に前言を翻すようなことがあっても、ここまできたらまず大丈夫です。……別の犯行についても、しゃべりだしていますからね」

「そしたら、乾杯やね」

別の犯行の意味を知らないまま、小夜子がグラスを持ち上げたのだ。とりあえず解決を祝した。インタビューはさらに続く。

「で、犯人は車を海に落としてから、どうしたんです?」

「あらかじめ開けておいた窓から脱出するつもりだったんですが、数メートル沈んだところでフロントガラスが割れたため、そこから出ました。庄田洋次という男は、水泳に絶対の自信を持っていたんですよ。潜ったまま南へ泳いで岸壁の陰で浮上し、尻無《しりなし》川を横断して大《たい》正《しょう》区側から陸《おか》に上がったそうです。あらかじめそちらに着替えと逃走用の車を用意してあったわけです。着替えといっても、飛び込む時は靴も履かず、半裸に近い姿だったようですけれどね」

「隣の岸壁に目撃者がいることを予想して、離れたところにそんな用意をしていたわけですか？」

「たいてい夜釣りにきている人間がいることは、下見をして承知していたんです。それを不都合と考えず、彼は逆に利用しようとした。事故か自殺として処理されることを期待したんですね。これは保険金目当ての犯罪なんですから。荒木虎美の事件？　いいえ、彼はそんなものは知らない。思案して、自分で捻《ひね》り出したアイディアですよ。事故や自殺に偽装しやすそうで、なおかつ被害者を直接的に刺したり殴ったりする必要がないことから、妙案だと思ったんでしょう」

「無茶なやり方やわ。若者の暴走……って洒落《しゃれ》にならへんね」

保険金殺人としては、異色のものだ。実行犯の庄田洋次は、大恩のある妃沙子のために自らの手を汚したのだが、その妃沙子にしても保険金の受取人ではなかった。一億円の保険金を受け取るのは妻の古都美であり、被害者に貸して焦げつきかけた金をその古都美から回収することが目的だ。「遊び金を貸しただけ」などと嘯《うそぶ》いていたが、実際は困り果てていたらしい。古都美が大金を手にすれば、妃沙子に返さないはずがない、と確信していたのである。

「庄田が自分でそんな絵を描いたわけではなく、ことの発端は妃沙子の願望です。彼女は、和憲さえ死ねば自分の債権を回収できる上、夫婦の不和に胸を痛めていた古都美の悩みも解消する、と考えたようです。実に自己中心的な発想です」

「で、それを猿の手に祈った？」

「息子の目の前で、これ見よがしにね。庄田は、それを母からの指示だと解釈した。自分が行動を起こして、母の願いをかなえなくてはならないのだ、と。これは、ある種の狂気です。彼の重い過去が、そんな狂気を招いたのかもしれません」

「はい、お待たせ」

料理が次々に運ばれてきた。カツレツにナイフを入れると、芳ばしい香りが立ち上る。外国航路の船上にいるような錯覚をした。

「重い過去か。そう言うしかないな」

私は、つい溜め息を洩らす。庄田洋次のこれまでの半生は、およそ幸福から遠いものだった。父は愛人と出奔し、母は借金まみれ。貧困に苦しんだことだろう。それに止まらず、ついには――

「庄田は、大喧嘩をした末に母親を殺してしまったようです。さっき言った別の犯行とは、そのことですよ」

火村の言葉に、スプーンを使っていた小夜子の手が止まる。事件の根は、報道されている以上に深いのだ。

「ただの夜逃げやなかったわけ？」

「裏の山に埋めた、と話していますよ。和歌山県警が掘っていますよ」

大阪に逃げてきた彼は、妃沙子と出会って、ひとまず安住の地を得る。しかし、それは束の間の平安にすぎなかった。妃沙子の養子である潤一が、武石納によって惨殺されてしまう。この事件が、庄田洋次の人生を大きく捩《ね》じ曲げることになった。

「庄田の犯行について狂気という言葉を使いましたが、それはまず三松妃沙子に宿ったのかもしれない。養子の潤一を殺された彼女は、事件の直後にとんでもないことを言いだす。庄田に向かって、こう迫った。『あなたは潤一になり代わりなさい。死んだのが、庄田洋次だったことにする。そうすれば私はあなたを息子にできるし、あなたは忌まわしい過去を棄てられるのよ』。庄田は、母親を殺害したことを仄めかしていたんですよ。このようにして、二人は親愛の情と秘密で結ばれた。――つまり、あれは間違い殺人などではなく、武石納は遺書に書いたとおり養子の潤一を殺害していた」

小夜子が何か言いたそうにしていたが、火村は勢いでしゃべってしまう。

「庄田は潤一になりすまし、私たちにも潤一から聞いていた過去を語りました。不幸な生い立ちです。小学校にもろくに通っておらず、十二歳で母親と死別、父親も大阪で死亡しています。天涯孤独の彼が殺され、別人として事務処理されても、欺瞞《ぎまん》に気づく人間は一人もいなかった。だから、ここまで大きな嘘が堂々と罷《まか》り通ったんです。妃沙子のところには大勢の若者が出入りしていましたが、一年から二年のサイクルで入れ替わったため、秘密はたやすく守れた」

言葉が切れるなり、質問が飛ぶ。

「なんでそんなアホなことを？　庄田が過去を棄てられるように、というのは少しだけ理解できるけれど、犯行が発覚して指名手配されてるわけでもないんやから、戸籍を消すような真似をせんでもよかったんやないかなぁ。もっと合点がいかんのは、息子が殺されてるのに、それを隠蔽《いんぺい》しようとしたこと。そんなかわいそうなことしたらお葬式もできひんし、故人の魂は浮かばれませんよ」

「とにかく庄田を守ってやりたかったんですよ。かわいそうで可愛い彼が、別人に生まれ変わるチャンスを逃したくなかった。そのために潤一の死を隠蔽したことは普通ではありませんが、下地はあったらしい。庄田の証言によると、事件の少し前から、妃沙子と潤一の仲は険悪だった。『あの子は私のお金が目当てで養子縁組を望んだ』と彼女は気づいたのか、そう思い込んだのか、とにかく憤慨していた。そして、ある日、ついにイギリス人バックパッカーからもらった猿の手を使ったんです。『馬鹿息子の顔など二度と見たくない。私の前から消えていなくなれ』。……そう唱えたそうです」

刺殺された潤一は顔面にもたくさんの傷を受け、本人であることは歯形で確認された。馬鹿息子の顔は、ふた目と見られない有様だったのだ。

「猿の手は、効いたんやね？」

小夜子が言うと、火村は首を振る。

「いいえ、偶然ですよ。妃沙子は、潤一の死を希望したわけじゃない。それに、猿の手に願ってから悲惨な殺人事件が起きるまで、一カ月以上が経過していました。それでも彼女は、猿の手の神秘的な力を信じてしまったんですね」

「そうか……。せやけど、おかしいわ。殺されたのが潤一やったら、なんで歯形が庄田洋次のものと一致したんですか？　警察がそんなミスをするやろか」

彼女の疑問は、もっともだ。しかし、そこには拍子抜けするほど単純な錯誤があった。火村がその可能性を指摘しなければ、もう永遠に露見しなかったであろう錯誤が。

「潤一は虫歯の治療歴があったので、歯形の照合ができました。しかし、その歯科医院にあった記録は、実は庄田のものだったんです。何故そんなことが起きたかと言うと、妃沙子がうっかりしていて申請が遅れたため、潤一が健康保険証を持っていなかったことが原因です。急な歯痛に襲われた潤一は、庄田が自宅から持ち出した保険証を借りて、治療を受けていた。だから、法歯学は裏をかかれたわけです」

「歯医者さんは、『治療にきたのはこの人ではありません』と証言しなかったんですか？」

「そんなことはできませんよ。警察は、庄田の写真を持っていなかったんですから。『彼の写真はない。写真嫌いだったし、昔のものも持っていなかった』と妃沙子が言ったし、顔を切り刻まれた死体の写真を歯科医に見せたはずもない。レントゲン写真と死体の歯だけが照らし合わされたんだから、合致するのに決まっています。そのため、警察は被害者を取り違えてしまった。水泳の達人が、水を恐れて泳げない男にすり代わったんです」

もしかすると、歯科医は「患者はどんな男だったか？」と訊かれたかもしれない。そして、「動物で言えば猿に似た顔」と答えたのではないだろうか。妃沙子が養子にしたぐらいだから、本物の潤一も顔立ちが似ていたことが想像される。

「あ、待って」

小夜子は、はっとして口許に手をやる。水泳の達人と聞いて、ある事実に気づいたらしい。

「去年の夏やったか、潤一こと庄田洋次は川で溺れる子供を見殺しにしてるけれど、それって……」

「彼は泳げなかったんです。泳ぐ能力はあったが、人前で川に飛び込んで子供を救助することはできなかった。潤一になりきって生きていましたからね。そのため、川辺で立ち尽くすしかなかったんですよ。『ごめんよ、ごめんよ』と詫びながら。——彼のトラウマの本当の意味が判りましたか？」

悪夢にうなされていた、という。それは彼にとって、まごうことなき猿の手のしっぺ返しだったであろう。

「なるほどねぇ。これは風変わりな事件やわ。それを聞きながら食事が進んだ私って、いったい……」

小夜子は「ご馳走さまでした」とスプーンを置く。

「よく見破れたもんやけど、ミハエルから聞いたところによると、火村先生はある小説をヒントにして推理を組み立てたそうやないですか。そのへんも伺いたいなぁ」

そうくると思った。私は、ショルダーバッグから『猿の手』を収録した文庫本を取り出す。

「気になるでしょ。最後の謎解きを聞いてやってください。ここにテキストがありますから」

11

店内に流れる音楽が、ブルージーなジャズからファドに変わった。ポルトガルの哀歌が、しみじみと響く。お客は私たちだけになっていた。

銀髪の女主人は、火村の前にグラスを置いて、ぼそりと言う。

「何をなさっているんですか？」

大学に勤めている、という答え。彼女は、ふぅん、と唇をすぼめた。もう御齢《おんとし》六十は過ぎているであろうが、娘時代の美貌が偲《しの》ばれる。

「そうですか。いえ、お気になさらないで。昔、ここによくやってきた人たちみたいな雰囲気があったから。どことなく……」

姐御《あねご》が、うれしげにパンと手を叩いた。

「マドロスのお兄さんですか？　もしかして、昔のいいヒト？　うひゃ」

女主人は、にこりと微笑して戻っていった。そして、カウンターに片肘を突き、細い煙草に火を点《つ》ける。垢抜けた所作だ。海の彼方に去ったいいヒトを追想しているのかもしれない。

白濁した酒を喉に通すと、水で割ってあるのにかなりきつかった。ギリシャの地酒ウゾーだ。アニスの香りがした。

「『猿の手』はご存じですね？」

火村は、私が渡した文庫本を開きながら訊く。もちろん、小夜子は知っていた。私や彼女のような読書の嗜好《しこう》をしていれば、どこかで読む小説だ。

「ずばり核心に触れる質問をしましょう。クライマックスで、何かが老夫婦の家のドアを叩きます。ノックしていたのは、誰ですか？」

「甦《よみがえ》った息子と考えるのが自然ですよね」

「ハーバートですね。では、その姿はどんな様子ですか？」

「墓場から這い出してきました、という恰好。服は、ぼろぼろ。泥や土埃で汚れていて……。そう、事故で死んだ時の傷が全身に遺ってる」

「ゾンビですね？」

「そう……でしょ？」

ゲオルグの返事は、ノーだった。

「私はそうは思わなかった。ドアの向こうに誰かが立っているとしたら、生きていた時のままのハーバート青年です。こざっぱりとした服に身を包み、体に傷もついていないハーバートが、ごく普通に立っている。もしかしたら、にこにこ笑っていたかもしれない」

「どうして？　墓場から生き返ってきたところなんですよ？　ゾンビを頭に描くのが当然だと思うけれど」

彼女は、私と同じようにこの小説を読んでいた。

「私はそうは思いません。ここでゾンビのような超自然的な存在が登場しては作品内の整合性が壊れる、と思ったからです。この小説の中には、あからさまに超自然的なものは出てこない。ホワイト氏の第一の願いは不思議な偶然によってかないましたが、合理的な手順を踏んでいます」

火村は、ある箇所を読み上げた。

「猿の手をもらった翌日、出勤前にハーバートはこんなふうに父親をからかいます。母親が『二百ポンドが手に入ってどうして悪い目にあうんです、ねえお父さん』と言うのに続けて『空から頭の上に落ちてくるのかもしれませんよ』。でも、落ちてはこなかった。もし、札束が空から降ってきたり、願いを唱えた瞬間に煙を立ててポンと出現したりするのならば、これは奇跡と呼ぶしかありません。でも、猿の手はそんな強引なことはせず、もっと自然で洗練された手を使うんだ。たとえば、息子さんが死んだので見舞金をお持ちしました、というように」

ソフィアは戸惑いながら、頷く。

「自然で洗練された手、ですか。そうかもしれへんわ。これって魔法のせいなのかしら、と半信半疑になるような実現のさせ方が好きみたい」

「まさにそこがポイントです。いいですか、そんな猿の手に『わが息子を生き返らせたまえ』と願ったとしたら、どんなことが起きるでしょう？ 墓場からゾンビの姿でのこのこ歩いてくる？ まさか。二マイルの道中、人目に触れたら大騒ぎになるじゃないですか。いや、私は真面目に言っているんです。猿の手ならば、そんな身も蓋もないやり方をとらない」

「うん、そうやね」

三人の中で最も酒に強いソフィア姐さんは、くいくいとウゾーを飲みながら聞いている。

「としたら、猿の手はどうしたかったんですか？ 死んだハーバートをごく自然に連れ戻す方法やなんて、ないやないですか」

「これはあくまでも小説の世界です。作家ならば、いい手を思いつきませんか？」

火村は挑発して、グラスに口をつけた。姐御は「おかわり、今度はストレートで」とカウンターに言う。割っていない二杯目は無色透明だった。あんなものを飲んだら舌が痺《しび》れそうだ。

「死んだ人間が生き返るはずはない。ということは、ハーバートは死んでいなかった

「……？」

彼女は、火村の用意している正解を言い当てた。

「でも、先生。乗っていた船が沈没したわけやのうて、彼は職場で死んだんですよ？　ちゃんと身元が確認されたはずです」

そこでテキストからの引用だ。

「『ご子息は、機械に巻きこまれたのです』。使いの者は、そう言いました。遺体はかなり損傷していたんです。もっと判りやすい描写もある」ページをめくって「息子を甦らせるようせがむ妻に対して、ホワイト氏は『もしふた目と見られない無残な姿で現れたら、どうするんだ』と制しますが、その台詞《せりふ》の直前を見逃してはならない。——『これだけは言うまいと思っていたんだが……あいつの死体は、服でしか見分けがつかなかったんだ』。この一文は、むごたらしいゾンビがやってくることを予告しているようにも取れますが、別の解釈もできる。ハーバートの死亡に疑問を差し挟む余地があることを、作者は示唆しているんです」

くどくど説明せずとも、いまや小夜子は理解していた。

「本格ミステリでいう〈顔のない死体〉やね。『猿の手』が〈顔のない死体もの〉やと意識したことはなかった。……ハーバートは、生きていた」

「ええ。だから、いなくなる前のままの姿で、ふらりと戻ってくることもできたんです。それこそが猿の手のやり口でしょう」

火村の仮説には、まだ続きがある。

「すると、当然のように新たな疑問が生じます。死んだのがハーバートでなかったのだとしたら、どうして死体は彼の服を着ていたのか？　この十日間、彼はどこで何をしていたのか？　何故ひょっこりと戻ってきたのか？　もちろん、その謎を解くための伏線は張られていないし、そこまで考える読者は一万人に一人もいないかもしれない。でも、私は想像してしまった」

「説明がつくんですか？」

「ひねくれ者にしかできない説明です。ハーバートは、おそらく誰かを殺したんだ。自分の服を着せた男を機械に巻き込ませて、自らが事故死したように偽装した。そして、ほとぼりが冷めるまでどこかに隠れていたんでしょう。目的は、遺族に入る見舞金。十日後に自宅に帰ってきたのは、その入金を確かめるためだった。——筋は通ると思いませんか？」

少し間があってから、小夜子は渋々と笑った。火村のひねくれ具合と論理癖に呆れているのだ。

「病的な推理やね、先生。気味が悪いほど筋が通ってる。もしもお父さんが三番目の願いを唱えへんかったら、にこにこ笑いながらハーバートが入ってきたんやね。そして、大喜びしているお母さんに『見舞金、入ったろ？　こうなるように僕が仕組んだんだよ』なんて言うて、その笑顔を凍らせたんやわ。災いもちゃんとセットになってる」

しかし、父親は息子が消滅することを猿の手に願った。そのためドアの向こうの何かは消えたのだ。老夫婦に、さらに深い悲しみを遺して。

「せやけど、この読み方が正しい鑑賞と言えるかどうか……」と小夜子。

「承知しています。アリスやあなたのように、ゾンビがドアの向こうにやってきた、と想像して恐怖するのが、正しくてより幸福な読者でしょう。作者は、そう読まれることを想定して書いている。と同時に、もしかすると私のようなおかしな読み方も許そうとしたのかもしれませんよ。作者が許さなくても、作品が許している」

『猿の手』の粗筋を聞くや、ただちにそんな推理を巡らせた火村英生という男は、相当にエキセントリックだ。あまつさえ、そのロジックをすぐさま現実の事件に接続させ、三松潤一を名乗る人物が実は庄田洋次にすり代わっている可能性に思い至ったのだから、私がとっさについて行けなかったのも無理からぬことだろう。この点は、小夜子も認めてくれるに違いない。

「こんな謎解き、初めて。酔うてしまいそう」

「私も初めてです」

ゆっくりと時間は過ぎ、夜が更けていった。京都まで帰らなくてはならない小夜子は時計を見て、「そろそろ」と言う。このへんでお開きだ。

「港町のいいお店で、火村先生から忘れがたい話が聞けたわ。取材も捗《はかど》ったし、今日は特別な一日」

小夜子は奢《おご》ると言って聞かなかった。「じゃあ、今日は」と甘えることにする。

伝票を取った彼女が振り向くと、女主人はカウンターに肘を突いたまま、ファドの調べに聞き入っていた。微かに唇を動かして、歌っている。

もし魔法の手がここにあれば、彼女はどんな願いを唱えるのだろうか?

猿の手は今、三松妃沙子の金庫で眠っている。

幕間

日曜や祝日ならば、この界隈《かいわい》はカップルや家族連れで賑わうのだろう。巨大水槽で泳ぐジンベエ鮫が売り物の海遊館、サントリーミュージアム、大阪湾内クルーズの観光船が発着する天保山ハーバービレッジ、大型の商業施設が建ち並んだベイエリア。私にとって、ふだんはあまり用のないところだ。

平日の午後六時となると、人出はさほどでもない。それでも海に沈む夕陽や観覧車を目当てにした人々が、笑顔で行き交っている。みんな幸せそうだ。桜の蕾《つぼみ》がふくらみだした季節。春の風に、ふと花の香りを嗅《か》ぐ。

私は一人だ。独りである。

肩を抱く女性もいないのに、観覧車の下までやってきて、ゆっくりと回転するゴンドラを見上げるだけでなく、チケットの売り場へ歩を進めていく。

ああ、淋しいことよ。しかし、これはれっきとした取材であり、仕事なのだから我慢せねば。

「大人一枚」

感情のない平板な声で言い、千円札を窓口に出す。一周約十五分で、七百円なり。こういう遊具に乗るのは久しぶりだ。平均的な料金だろうが、十五分乗ってもとの場所に戻ってくるだけで七百円かかるとは、まことに無駄な話だ。阪神や阪急電車ならば、梅田―三宮を往復してお釣りがくる。

そんなくだらないことを考えながら、列の最後尾に並んだ。前にいるのは孫を連れたお婆さん。その他は、揃いも揃ってカップルだ。三十面をさげて男一人の私は、圧倒的に浮いており、予想していたことではあるが居心地がよくない。

すぐに順番が回ってきて、ゴンドラ――ここのはキャビンと呼ぶらしい――に乗り込む。係員は目を合わすのを避けているような気がしたが、錯覚だろう。考えてみれば、退屈しのぎやら業界関係者の視察やらのため観覧車に一人で乗る男性客だって、少なからずいるはずだ。キャビンは八人乗り。幼稚園児らしい男の子を連れたお婆さんと一緒にしてくれたのは、係員の配慮だろう。こっちだってカップルの邪魔はしたくない。

数時間前のこと。締切が迫った短編の構想を練っている時に、おかしなことを思いついてしまったのだ。観覧車のゴンドラを舞台にした密室殺人。適当な題名も浮かんだので、書いてみたくなった。が、近年とみに巨大化した観覧車に私は乗ったことがない。まずは取材だな、と地下鉄を乗り継いでやってきた次第だ。

ここの観覧車は高さ百十二・五メートル。できた当時は、日本最大という触れ込みだったが、今ではどこかのものに記録を破られているのに違いない。それにしても大した規模で、初めのうちは「たかが観覧車」と思っていたのに、てっぺんに近づく頃には大阪市街や海を一望して「こんなところまで上るか」と驚いた。向かいの席の男の子は喜んではしゃぎ、お婆さんは少し怖がっている。高所恐怖症だったら、がたがた顫えてしまうかもしれない。たちまち十五分が過ぎて、私は地上に戻った。天から密室トリックを授かる暇もない。満足げな男の子と別れて、「しゃーないな」と早めの夕食をとるため飲食店街に向かった。

優柔不断ぶりを発揮し、さんざん迷った末、一番空いているエスニック料理店に入って、チキンカレーがついたセットを頼んだ。話す相手もいないので、黙々と食べる。ラッシーを飲みながら店内を見渡していて、窓際の席の女性に目が留まった。

私と同じ一人客だ。長い脚を組み、頬杖を突いて窓の外を眺めている。暮れ切った海を見ているのだろう。いや、思索にふけって、その瞳には何も映っていないのかもしれない。じっと動かないその姿は、まるで彫刻のよう。

ああ、いいな、と思う。

一人がとても似合っている。誰からも離れ、一人になりきった人間というのは、こんなに崇高に見えるのか。だが、みんながみんなそうではない。深い内面の持ち主だけが、あのようになれるのだろう。堅い意志の持ち主であることを窺わせる目。まっすぐ結ばれた口許。

齢の頃は、二十代後半か。五、六歳は年長であろう私は、彼女に及ばない。

しばらく盗み見ていたが、先方は食事を終えていたため、こちらがカレーを平らげる前に店を出ていってしまった。傍らに畳んであった真っ赤なスプリングコートを、鮮やかに羽織って。スプーンを持ったまま見送り、ちょっと哀しい気分になる。

やるせない春の宵だ。「クリスマスが苦手なんです。独り身には厳しくて」と語る女性編集者がいた。私はクリスマスぐらいでびくともしないが、時として春に弱い。夜空で輪郭をにじませる月のように、自分の存在が朧《おぼろ》に感じられて。だが、不快なものでもない。人生の味だから、と噛みしめるようにしている。

たっぷり時間をかけて夕食をすませて、散歩がてら海の際まで歩いた。そして、階段状の護岸に打ち寄せる波の音を聞いてから、ぶらぶらと引き返す。大観覧車にイルミネーションが点《とも》り、道行く人を赤や緑に染めていた。その華やかさが、物憂《ものう》い。

地下鉄の駅に向かいかけたが、ある店の前で足が止まった。九カ月ほど前に、入ったことがある。見かけは流行らないレストランだが、店内には独特の空気が流れていた。たまには独りで飲むのもいいか、と扉を押し開けた。

何語とも知れぬ横文字が書かれた浮き輪、パイプを手にした木彫りのマドロス像。年代物の舵。そして、音量を絞ったジャズと銀髪のおカッパ頭をした女主人。この前と何も変わっていない。

「ちょっとだけ飲んでいきたいんですが」

「どうぞ、お好きなところへ。いくらでも選べます」

客はいなかった。私は、以前と同じ席に着く。ほんの一週間ぶりにきたぐらいに感じた。

「今日はお一人？」

そう言われて、意外な気がした。

「ええ。この前は三人連れできたんですけれど……覚えていますか？」

「ゲオルグとソフィアが一緒でしたね」

「すごい。ミハエルもびっくりです」

「何になさいますか？」

メニューを断わり、少し気取った異国のビールを頼んだ。小夜子姐さんのように、ウゾーをぐいっと呷るのは無理だ。

「お見知りおきいただいて光栄です、ミハエル。先月は、ゲオルグがいらしてくれましたよ」

「火村が？」

これまた意外だ。

「京都からわざわざいらしたわけではなく、近くまでくる用事があったんだそうです。それで、ふらっと。薄いブランデーの水割りを一杯だけ飲んで、すぐにお帰りになりました。忙しい方なんでしょうね」

用事とは、犯罪捜査に絡んだことなのだろう。また水上警察署にでも行ったか。常に彼のフィールドワークに帯同しているわけではないから、そんなこともある。

「お仕事の帰りですか?」

「ええ、そんなところです。たまにこのあたりに寄るので、今度は食事にきますよ。またおいしいカツレツをいただきに」

今夜もここで食べればよかった、と思う。そうしていたら、あの窓辺の女性は見られなかったが。

ビールがきた。味よりも、ラベルが気に入っている。

音楽が途切れたので、女主人はCDを入れ替えた。英語でもフランス語でもない歌が流れだす。

「ファドか。この前にきた時も、ジャズからファドに替わった。この曲は……聴いたことがあります」

「『暗いはしけ』。フランス映画の中でアマリア・ロドリゲスが歌って、世界的に有名になりました。これはブラジルの歌で、ファドとは言えません。ただ、元をたどればファドのルーツはブラジル音楽なんですけれど」

なるほど、メジャーコードの明るい調べだ。もっとも、ファドがすべて哀しい歌ではないらしいが。

「その名前も知っています。国民的歌手だそうですね」

「ファドの女王です。ポルトガルの美空ひばりかしら。いえ、それ以上ね。一九九九年に彼女が七十九歳で亡くなった時、大統領も列席する国葬なみの葬儀が行なわれて、国中が三日間の喪に服したんですから」

女主人はカウンターに倚《よ》りかかったまま、偉大な歌手の生涯について話してくれる。貧しい暮らしの中で歌に歓びを見出し、ファドによって世界的名声を獲得するまでの物語。静かな語り口だったが、アマリアへのなみなみならぬ敬愛の気持ちがこもっていた。

次々に歌が替わる。

何が歌われているのか判らないが、朗らかなものもあれば、たっぷり湿ったものもある。いずれもツー・コードの素朴な曲だが、聴いていて飽きない。歌手の力量によるところが大きいのだろう。言葉が判らない私の中に、歌が入ってくる。

サウダーデというポルトガル語を教えてもらった。郷愁という意味だが、それだけでは説明できない繊細な想いが含まれているらしい。失われたものを惜しみ、手の届かない遠い彼方に焦がれる気持ち。たとえば、そんなものか。ヨーロッパの西の果てに位置し、多くの男が女を残して海の向こうへ発《た》っていった地ならではの感傷かもしれない。

韓国には、恨《ハン》という概念がある。他を嫉《そね》むのではなく、希《ねが》うものに届かぬことを嘆く想いらしい。大陸の片隅の国に共通する諦念《ていねん》なのだろうか。それに比べれば、淋しく孤立しているかに見える島国は、実は気楽そうだ。日本古来の音楽は、威厳のある謡《うたい》も含めて、どれもおのれに満足しているように聞こえる。センチメンタルで叙情的になるのは、明治に西洋音楽と出会ってからだ。

街灯を鈍く反射させて市電が行くリスボンの夜景。いつか見た美しいモノクロ写真を思い出していると、また曲が替わる。

「これも聴いたことがあります」

「『難船』です」

ナンセンと聞いて、一瞬、何のことか判らなかった。南船北馬という四字熟語を連想したためだ。夢野《ゆめの》久作《きゅうさく》に『難船小僧《S・O・S・BOY》』という短編があった。

「ああ、難破船のことですか。破れた恋の歌かな」

「ブラジルの女性詩人の『歌』という詩です。悲恋や、自分の愚かさや、運命や、色々なことを歌っているんでしょう」

大意のみ教えてもらった。後に知った歌詞は、このようなものだ。

　私は夢を船に乗せた
　そして、海に浮かぶ小船……

——あとから、私は夢を沈めようと
海を両手で押し開いた
私の手は
海の蒼さで、まだ濡れている
そして、私の指から滴る色が
寂しい砂浜を彩る

メランコリックな歌に聴き入った。

女主人は、声を出さずに歌っている。この前もそんな姿を見た。あの時もこの歌だったような気もする。

ファドとは、ポルトガル語で運命や宿命を指すと言われているが、異論もあるらしい。現世への諦めの上に歌われ、かつての独裁政権が国民歌謡として推奨していたせいもあって、批判的に見られた時期もあったという。だが、それはファドの一面にすぎず、本来は人生を肯定する音楽である。女主人はそんなことは話してくれたが、ファドと自分自身との関わりについては触れようとはせず、私も訊かなかった。

そして思う。

夢は、胸に抱くか背負うのがいい。それならば、投げ棄てても拾いに戻ることができるし、
棄てた夢が追ってくることもあるだろう。小船に乗せてはいけない。

風が遠くから吹いて来て
水の底なる船の中では
私の夢が
果敢《はか》なく消えて行く

船を沈め
夢を消すため
海の水があふれるように
私はもっと泣くでしょう

そのあとで、全ては完全になる
滑らかな浜辺、静かな海
そして、石のように乾いた私の目
疲れ果てた私の手

夢を仇《あだ》にしたような歌は短く、ギターラの調べは消え入るように終わる。何故か私は、杖を突いた女性と、その人が大切にしていたものを思い出した。九カ月前、ここでゲオルグやソフィアとそれについて話した。

——石のように乾いた私の目
——疲れ果てた私の手

まるで、最後に見たあの人だ。

「その……」とだけ言って、困る。「何とお呼びしたらいいんでしょうね。マダム」

「その日の気分で変えています。マリアンヌだのセシリヤだの。今夜は、どうしましょうね」

「では、シンシアさん。もしも、三つの願いがかなうとしたら、何をお祈りしますか？」

つまらない質問だと思われたかもしれない。しかし、そんな気配は見せず、彼女は大らかに答えてくれる。

「面白いアイディアをご期待なさっているのかもしれませんが、私なら何も頼まないでしょう。だってそんなの、虫がよすぎて後が怖い」

干涸《ひから》びた猿の手の物語は、ただそれだけのことだったのか。

「賢明です」

「退屈な答えですけれどね」

「いいえ、常識の素晴らしさを感じました」

ビールが空いたところで、腰を上げた。

「またきます」

シンシアは頷き、諦めに似た表情を見せる。港を出る船を見送るように。

またきます。また会いましょう。そう言って別れたのが最後になることは珍しくない。それを承知した上で、彼女はいつもあんなふうに頷くのかもしれない。

外は、やはり春の宵だった。

第二部　残酷な揺り籠

1

その時——

私は、担当編集者の片桐光雄《かたぎりみつお》と電話で話していた。年末発売の月刊誌に書いている短編の出来が気に入らず、できるものなら休ませて欲しいと懇願していたのだ。その願いがかなえば枕を高くして眠れるのだが、プロの世界は甘くない。敵もさるもの、「困りましたね」などと言ってもくれない。

「有栖川さん、泣き言はやめましょう。思うように書けないんだったら、こんな電話をしている暇はありません。さっさと構想を練り直してください。年末進行とはいえ、まだ時間は少しだけあります。ぎりぎりに入稿されてもいいように、こっちは体力を温存しておきますよ。デビュー以来の長い付き合いですから、苦労をかけられるのには慣れています」

素晴らしく歯切れがいい。交渉の余地はまったくなさそうだ。

「まいったな、ほんま。トリックに致命的な欠陥があるんです。駄作で誌面を汚《よご》すわけにはいかへんし」

「だったら傑作をくださいよ。やればできますって。これまでも何度も無駄に修羅場をくぐってきてるじゃないですか」

「無駄にって……きついわ」

力なく笑ったところで、よろけた。ゆらりと床が動いたのだ。天井の照明が揺れ、食器棚でカップや皿がカタカタと鳴る。

うわ、と声が出た。

「どうしたんですか？」

「地震」

テーブルからコップが落ちて割れる。かなりの規模だ。阪神《はんしん》・淡路《あわじ》大震災を経験して以来、最も大きな揺れだった。昼食後、ガスコンロはオフにしてあるし、室内に火の気はない。じきにやむ、慌てるな、と自分に言い聞かせて、震動に身を委ねた。

「もしもし、有栖川さん、大丈夫なんですか？　もしもし」

二十秒ほどすると徐々に治まってきたので、片桐に「大丈夫」と応えながら、テレビを点けた。ＮＨＫは全国ニュースの最中で、年金問題について報じている。

「そっちは揺れてない？」と訊くと、東京の編集者は「全然」と言う。

やがて、テロップで速報が出た。大阪府北部で震度6弱の地震。津波の心配はなしとのこと。

「ああ、速報が出ましたね」片桐が言う。彼の近くにもテレビがあるらしい。「大阪北部ですって。大阪市内でも震度4。結構でかいな」

日本に生まれたら受け容《い》れるしかないが、嫌なものだ。

「弱音を吐かずに、がんばって書きますよ。せやから、もう赦《ゆる》して。大阪に邪悪な念を送ったりせんように」

仕事から逃げるわけにはいかないわな、と覚悟を決めた途端に、天が味方してくれた。書きながら納得がいかなかった箇所を手当する妙案が閃《ひらめ》いたのだ。

「いけそうな気がしてきた。しょうもない電話をしてすみませんでしたね」

「お、声が明るくなった。地震で脳がシェイクされたおかげかな。何が幸いするか判りませんね」

喜んでばかりもいられない。震度6弱なら倒壊する家があってもおかしくない。今日から十二月。被災者は寒空に投げ出されることになる。折しも真冬の寒波が西日本に到来していた。

キャスターが地震について臨時ニュースを読み始めたので、私は電話を切ってそちらに注意を移した。やがてヘリコプターからの空撮映像が流れる。カメラは見たくもないもの、へしゃげた民家を捉えていた。

火村英生は、午後の犯罪社会学の講義を始めたところだった。ホワイトボードに向かい、〈犯罪の二重奏説　H・ヘンティッヒ〉と書きかけたところで最初の揺れがきたためヒの字が崩れ、階段教室中がどよめいた。彼はフェルトペンを置いて振り返り、教卓の両端を摑んで踏んばる。そして、「静粛に」と声を飛ばした。この准教授は、授業中の私語がとことん嫌いなのだ。

大地の身震いがやむと、最前列にいた男子学生を指名する。

「携帯電話の使用を許可する。地震情報を見てくれるか？」

学生は指示に従い、ニュースサイトを調べる。火村はその結果と、どうしても心配な者は家族や知人に電話をしてもよい旨とを教室中に告げた。講義は一時中断される。

二列目に、呆然としている女子学生がいた。あまりに顔色が優れないので、准教授は「大丈夫か？」と気遣って声をかける。

「びっくりしただけです。私、この世で地震が一番嫌いなので……」

「気の毒に。君は因果なところに生まれてしまったな」火村は同情を示す。「地震のない国にでも引っ越さないかぎり、逃れようがない」

「生まれてすぐ、大きな地震に遭ったんです。その記憶が刷り込まれたのかも」

「赤ん坊だって地震は容赦しないからな。この国は、残酷な揺り籠みたいなもんだ」

「ああ、すごい表現。さすがは先生。社会学って、〈うまいこと言い〉の勉強なんですね」

犯罪学者が渋い顔をしたところで、小さな余震がきた。


ある女は、冷え冷えとして暗い場所に閉じ込められていたという。そこから出られなくなり、救助を待っていたのだそうだ。

女が自由を取り戻したのは、地震発生の三時間後だった。

ある夫妻は、昏々《こんこん》と眠っていたという。いや、二人の証言によれば、何者かによって眠らされていたのだ。夢もなく、震度6弱の揺れも妨げにならないほど深い睡眠だ。

夫が目を覚ましたのは地震発生の八時間後、妻は七時間後だった。

また、ある男は、遅めの昼食をとっていたという。突然の揺れでラーメンの汁が顔面に跳ね、熱さで飛び上がったそうだ。余震がくるまでに彼がしたことは、ある夫妻の安否を確認するための電話だった。

そして、地震発生の二時間後。

別のある男の変わり果てた姿が見つかる。近い距離から胸に銃弾を受け、絶命していたのだ。

2

——まず電話をしたんですね？

「はい。ラーメンなんて食べている場合ではありません。だいぶこぼれてしまっていたし。震源地が能勢《のせ》と聞いて、むしょうに心配になってきたんです。能勢といったら豊能町《とよのちょう》のすぐ北です。設楽《したら》さんの家は、震度6弱の直撃を喰らったぞ、と」

——電話した正確な時間は？

「地震がきたのが一時二分でしたっけ。それが治まってすぐだから、一時四分とか五分ですね」

——すぐにかかりましたか？

「はい。地震直後は電話がつながりにくくなるもんですが、あの時はすんなり通じました」

——呼び出し音がしたんですね？

「ええ、しつこく鳴らしました。でも、誰も出てくれない。機械の音声が『ファックスするか、おかけ直しください』と言うのを三回聞きましたよ。外出中ということもあるけれど、それなら留守番電話になっているはずです。たまたま留守電をセットし忘れた可能性もありますが、ああいう時って悪い方へ悪い方へと想像してしまうじゃないですか。それで、居ても立ってもいられなくなったんです」

——そこで設楽さんのお宅に車で向かったわけですね。

「はい、ラッキーなことに、友だちから借りていた車があったので」

——警察や消防に通報したり、近所の人に様子を見てもらおうとは思わなかったんですか？

「刑事さん、それはない。警察や消防に電話してみたものの、夫婦でスーパーに買物に行っていただけだった、なんてことになったらとんだ空騒ぎです。色んな人に迷惑をかけてしまうし、そういう間が抜けた失敗は設楽さんがとても嫌がる。あの人、苦手なんですよ。つまらないことで怒られたくなかった。近所の人に様子を見てもらうって……あの高台のお宅には近所らしい近所がないのをご存じでしょう。それを知ってて意地悪なことを言わないでください。よしんばすぐ隣に親切な人が住んでいたとしても、僕、そこの電話番号を知りません。それより何より、奥様が心配だったんです。あれこれ考えるまでもなく、ましな服に着替えて、一時十五分頃に車を出しました」

——なるほど。日下部《くさかべ》さんのご自宅は、淀川《よどがわ》区内でしたね。設楽さん宅まで、どれぐらい要しましたか？

「一時間半ほど。阪神高速池田《いけだ》線に通行規制がかかっていたので、下の道を走るしかありませんでした。川西《かわにし》付近で道路が込みあっていたし、豊能町に近づくと停電で信号が消えていたので、かなり混乱していました。ラジオでずっと地震のニュースを聴いていたら、ブロック塀が崩れたり家が倒壊したりで、五人も死者が出ているというので、ますます焦《あせ》る。途中、車が支《つか》えて停まるたびに携帯からも何度か電話したんですよ。でも、やっぱり出てくれない。もどかしかったな。不吉な予感がしたんですよ。まさか、あんな形で的中するとは思いませんでしたが」

――一時十五分に出て、一時間半かけて向こうに着いた。到着したのは二時四十五分。そうですね？

「間違いありません。あの家の前で腕時計を見て、『一時間半もかかった』と舌打ちしたので、よく覚えています」

――着いてから、どうしました？

「呼び鈴を鳴らしました。でも、返事がないし、戸締まりがしてある。やっぱり出掛けているのかな、と車庫を確認したら、設楽さんのアウディがあった。まずい、と思いましたよ。外から見たところ、お宅に目立った損傷はありませんでしたが、窓にはカーテンが掛かっていて、中がどうなっているかは判らない。ご夫婦がクロゼットや本棚の下敷きにでもなっていたら大変です。なんとか入れないものか、と裏口に回ったり、あちこちの窓を開けようとしました」

――ドアも窓も、すべて施錠《せじょう》されていたんですね？

「はい。ところが……」

――ところが、どうしました？

「離れの窓ガラスが一枚だけ割れているのに気づきました。地震で割れたのかと思い、ふと覗いてみると、人が倒れていました」

――それが誰なのか、すぐに判りましたか？

「いいえ。設楽さんでないことは確信できましたが、顔が見えなかったし、明かりが点いていなかったので薄暗くて、男であることぐらいしか判りませんでした。廉《れん》だったとは……」

――その時は加藤《かとう》廉さんだとは思わず、誰か男性が倒れているということしか判らなかったわけですね。生きているか死んでいるかは？

「まさか死体が転がっているとは思いませんから、急病人か怪我人が倒れているんだと思いました。『どうしました？』と問いかけても答えないので、助けに行こうとしたんですが、できなかった。離れにも鍵が掛かっていたからです」

――窓ガラスが割れていたのなら、そこから入れたのでは？

「僕、まだ二十八なんですけれど、情けないことにぎっくり腰なんです。数年前、家電販売店の倉庫でアルバイトをしていた時にやってしまって、うっかりすると激しく痛みます。最近も屈んだ拍子に再発させてしまい、とてもじゃないけど怖くて窓からは入れませんでした」

——それで携帯から一一九番したんですね？

「はい。その際、設楽さんご夫妻のことも話しました。奥様は脚がご不自由だ、と言い添えて」

——その電話は、二時五十七分と記録されています。

「ええ、そんなものでしょう。地震で大騒ぎなので、後回しにされるのが心配でしたけれど、十分ほど待っただけで救急車がきてくれました」

——救急車がくるまで、あなたはどうしていましたか？

「することとなんてありません。家の前で煙草を一服しながら立っていました。設楽さんたちが徒歩かタクシーで帰ってこないものか、と高台の下を眺めながら」

——少し戻りますが、離れの中を覗いた時、目にしたのは倒れている男性だけでしたか？

「はい。……そりゃ、あそこは廉が使っていた部屋ですから、ベッドやら机やら椅子やら、窓の下に置いてあった段ボール箱やら、色々と見えましたけれど」

——拳銃は見えなかった？

「まったく気がつきませんでした。停電で暗かったせいもあります」

――曇っていたから、よけいに室内は見づらかったでしょうね。でも、離れの西側に停めてあった加藤さんのバイクにも気がつかなかったんですか？

「見ていませんよ。西側に回らないと見えませんもの。目にしていたら、『あ、あいつもご夫妻の様子を見にきたんだな』と思ったでしょうけど」

――救急車がきてからのことを話してください。

「事情を説明すると、救急隊員のお二人はまず離れに向かいました。そして、倒れている男が呼んでも応答しないことを確かめた上で、窓から入っていったんです。足場が悪かったのか、少しもたついていましたね。僕、無理しなくてよかった。その時です、明かりが点いたのは」

――三時十四分ですね。現場地域の電気が復旧したのは。それから？

「その場で男に応急処置でも施すのかと思ったら、じきに窓から出てきた。やれやれ、という顔で。思わずむっとして、『何もしてあげないんですか？』と訊きましたよ。そうしたら『とうに亡くなっている。事件らしいので警察を呼ぶ必要がありますね』と言う。ドアのノブの指紋採取ができるように、わざわざ窓から出てきたんだとか。とっさによく気が回るもんですね。一一〇番したのは、救急隊の方です。そのやりとりに聞き耳を立てていたら、『拳銃で撃たれている』というので仰天して、設楽さんたちの身にもよからぬことが起きたのでは、と恐ろしくなりました」

——それから？

「母屋《おもや》に入ろうとしたんですが、戸締まりが厳重でうまくいかない。二階のバルコニーへ登ろうか、と救急隊の方が思案しているところへパトカーが着きました。事情を話すと、二人のお巡りさんは離れを覗いてから、パトカーの屋根を足場に、バルコニーに上がっていきました。見事な機転でしたね。設楽さん夫妻が強盗にでも襲われ、危機に陥っているかもしれない、と思ったんでしょう。とても緊迫した状況でした」

——日下部さんと救急隊員は、外で待機していた？

「お手伝いできる場面じゃないので。五分ぐらいたってから玄関のドアが開いたので、『ご夫妻は無事ですか？』と噛みつくように尋ねてしまいました。お巡りさんは『怪我はしていないようですが』と言ってから、救急隊の方に協力を求めました。『様子が普通ではないので、診《み》てもらいたい』と。怪我はしていないのに様子が普通ではないなんて、どういうことかと気になりますよ。それで僕もついて家に上がったんです。お巡りさんは止めようとしませんでした」

——すぐ二階に上がったんですね？

「ええ、直行です。そうしたら、食卓にはほとんど手つかずのまま昼食のパスタが残っていて、設楽さんたちがダイニングの椅子とリビングのソファでぐったりとしているじゃありませんか。怪我はしていないようだと聞いていたのに、てっきり死んでいるのかと思いました。

救急隊の方が『眠っているだけです』と言うのを聞いた時は、体中の力が抜けたなぁ。そうこうしているうちに、パトカーが何台もやってきて、僕は外へ追い出されたんです。仕方がないので、車に戻ってラジオを聴いていたら、刑事さんに呼ばれて離れの死体とご対面です。『この人に見覚えがありますか』と。そこで初めて、やはり死んだのは加藤廉だと知りました。彼と僕の関係、設楽さんとの関係について訊かれて、丁寧に答えたんですが……。ややこしい結びつきだと思われたのか、刑事さんの語調が険しくなっていきました。同じ刑事でも、鮫山さんはソフトに話してくださいますけれどね。風貌も学者風で、なんだか刑事さんらしくないし。あ、失礼なことを言いましたか？　すみません」

——気を悪くしたりしていませんよ。

「よかった。——こっちからも伺っていいですか？　僕、警察に疑われているような気がしてなりません。第一発見者だから怪しまれているんでしょうか？　だとしたら理不尽です。常日頃からお世話になっている設楽さん夫妻を案じて、善意で駈けつけただけなんですから。廉が殺された直後に現場に現われたのは不自然だ、なんて言わないでくださいよ。ホシは現場に戻る、とかいうセオリーを当て嵌《は》められても困ります。彼とは、ちょっとした諍いをしたこともありますけれど、そんなものは殺人の動機になりません。どうか勘違いしないでください」

大阪北部で大きな地震が発生するとしたら、有馬《ありま》—高槻《たかつき》断層帯や京都西山《にしやま》断層帯が震源となることが予測されていた。しかし、この度《たび》の地震はそれらとはまた別の未知なる活断層が動いたために起きたらしい。まさにわれわれは、地震の巣の上で生きるのを宿命とした民族なのだ。

3

震度6弱の地震が十五人の死者と四百人の重軽傷者を出した翌々日。

私は、震源地から五キロばかりのところを目指す車中にいた。運転するのは大阪府警の森下刑事、助手席には鮫山警部補。後部座席の私の隣には、火村がいた。被災地の視察や取材が目的ではない。またぞろ殺人事件の現場に向かっているのだ。

府警の船曳警部からの電話を受けたのは、昨夜の九時頃。「地震のすぐ前後に殺人事件がありまして、火村先生にご出馬いただくことになりました。有栖川さんもご都合がつけば」と言われ、「行きます」と即答した。もしこのお誘いが一日早ければ、「原稿の追い込み中で行けません」と言うしかなかったのだが、地震直後から翌日朝までのがんばりで仕事がきれいに片づき、外に飛び出したい気分だったのだ。殺人現場ではなく、もっと楽しく健康的なところへ出掛ければよさそうなものだが。

捜査本部は妙見口《みょうけんぐち》の豊能署に設けられていたが、鮫山と森下が府警本部に立ち寄ったついでに、火村と私を梅田でピックアップしてくれた。現場への道中、鮫山警部補が事件のレクチュアをしてくれる。

「不可解なところがある事件ですが、そうでなくても警部は先生方にお声をかけたでしょう。興味深い人物と会えますから」

そんな前置きが入った。どういう人物なのかを聞いて、私は驚く。火村は「思わぬ再会だな」と呟いていた。

事件の概略を述べた後、警部補はより詳しく説明をし直す。

「凶器はマカロフPMM。出所を洗っていますが、まだ判明していません。市民生活中にますます拳銃が浸透してきていて、困ったもんです」

「被害者は、心臓を二発撃たれていたということですが」火村が言う。「犯人の腕前はどの程度のレベルと見ていますか？」

「よく判りません。せいぜい一メートルほどの距離から撃たれているようなので、手がぶるぶる顫《ふる》えたりしていなければ、初めて銃を握った人間でも命中させられたでしょう。頭部と違って、胸は大きな的です」

「二発というのがプロっぽくないですか？」

つい口を挟む。私が本だか映画だかで仕入れた豆知識によると、急所めがけて立て続けに二発撃てば、仕留めそこねる可能性が格段に低まるそうだが。

「殺し屋っぽいですか？　しかし、引き金を二度引くだけのことですから、素人でもできます」

ごもっともなので、「そうですね」と認める。

「有栖川さんがそうおっしゃるのも判ります。昨今は物騒で、拳銃だけでなく殺し屋まがいの人間も調達が容易になっている。インターネットの闇サイト絡みの事件も多くなりました。今回の殺しもそうでないとは言えません」

火村は、捜査本部で渡された資料のコピーを繰りながら尋ねる。

「即死に近い状態だったんですね？」

「はい。一分と持たなかっただろう、と。正午から午後一時半という死亡推定時刻は、かなり確度が高いということです」

「その時間帯にあの地震があった。犯行が地震の前なのか後なのか、特定できませんか？」

「精査しましたが、決め手がありません。血痕の状態などで判るかと期待したんですけれど。ただ、犯行時刻は若干狭められる。設楽夫妻が『自分たちが眠ってしまう以前、離れから不審な物音が聞こえたりしなかった』と証言しています。夫妻が睡眠薬入りのワインを飲んだのが、十二時十分。一、二分で相次いで眠ってしまったということですから」

「犯行時刻が狭められるといっても、ほんの十分少々ですか。残念。――夫妻は、何の疑いもなく送られてきたワインを飲んだわけですね？」

「そのようです。詳しくは、ご本人からお聞きください。火村先生と有栖川さんのことはお伝えしてあります。夫人は、お会いしたがっていましたよ」

「ほんまかな」

思ったことが、そのまま声になって出た。森下が「本当です」と言う。

「ただの社交辞令ではないと思いますよ。そんなこと、言う必要がありませんから。どういう意味で会いたがっているのかは知りませんけれど」

「黙って運転せえ。いらんこと言うてたら、また道を間違うぞ」

鮫山の言葉に、若い刑事は「そんなに再々は間違《まちご》うてませんよ」とぼやいてから口を噤《つぐ》んだ。

火村が手にした資料に、生前の被害者の顔写真がクリップで留めてある。スーツ姿のバストショット。照れ笑いをこらえるように口許が歪《ゆが》んでいる。ぱっと見た目には美青年ではあるが、微笑の奥に何か隠しているのでは、と思わせる翳を持っている。そして、額の皺が猿を思わせた。

車は、京都府の園部《そのべ》方面に抜ける川西園部線を走っている。すぐ北には妙見山《みようけんさん》の山並みが迫り、ずいぶん遠くにきたような錯覚をしてしまうが、大阪のベッドタウンでもある。このまま進むと能勢電鉄の終点であり、妙見山参りの玄関口である妙見口駅にぶつかるという手前で右折し、なだらかな丘陵を登っていく。道路沿いには、倒壊した家屋は見当らなかったが、屋根にブルーシートを掛けた半壊状態の家はいくつか目にした。

「夫妻は元気なんですか？」

火村は資料から顔を上げて訊く。

「ええ。一昨日の夜は、睡眠薬を盛られた影響で頭が重かったりしたようですが、肉体的なダメージはそれだけです。が、精神面はそうはいかない。殺人事件と地震のダブルパンチで、夫妻とも相当ショックを受けていました。送られてきたワインに混入していたのが毒物ではなく睡眠薬だったことと、一部の壁に細かい亀裂が入ったぐらいで家が無事だったのが幸いですね」

「誰から送られたのか判らないワインを無警戒に飲んだわけではないのでしょう？」

「送り主は、北摂《ほくせつ》にテナントビルをいくつか所有している設楽氏の取引先になっていました。早めのお歳暮だと思い、不審には感じなかったとか。宅配便の送り状にあった住所も正確でした。ただし、先方に問い合せたところ、そんなものは発送していないとのことです」

十二月のかかりという時節柄、歳暮を装うのは巧妙だ。個人ではなく取引先を騙《かた》ったところも抜け目がない。友人からのものだったら、歳暮が届いた礼の電話をかけることもあり得る。

「宅配便ならば、どんな人物が持ち込んだのか目撃者がいますね」

「事件前日の十一月三十日午後四時頃に、東淀川区内の米穀店から送られています。防犯カメラのあるコンビニなどを避けたのか、これがまた古くて小さな店でしてね。かといって、めったに客がこないような寂れた店でもない。怪しいブツを送るには都合のいい取り扱い店を選んだのでしょう。応対した店主の証言によると、送り主は二十代後半から三十代前半の男だったそうです。地味な服装で、とりたてて特徴はなかったと言いますが、睡眠薬入りワインを送りつけようというんですから、努めて目立たぬようにしていたのかもしれない。送り状から、その男のものらしき指紋は検出されていません。注意して、指紋がつかないようにしたらしい。店主もそのようなことを言っていました。もっとも、受け付けた際にことさら挙動不審だったわけではなく、『宛名を書くからそこに置いて。書いたから取って』と横柄だったな、というぐらいの印象だったということです」

「その男は、設楽に歳暮を贈りそうな取引先を知っていたわけや」

当たり前のことを洩らすと、鮫山は「それだけではありません」と言う。

「設楽氏がイタリアワインを好むこと、昼食の前に夫人とともにワインを飲む習慣があることも知っていた節があります」

「せやから昼食時に夫妻が昏睡に陥るのが予想できた、と？」

「はい。そして、離れでよからぬことに及んだ」

それが殺人だとしたら緻密な計画的犯罪だが、どうにもまどろっこしい。夫妻の生活を熟知していたのならば、留守を狙えばよかったではないか。

「しかし、当日のその時間、離れに加藤廉さんがいることまで予測できたんでしょうか？　さっきのお話やと、このところ現場になった離れにはあまり寄りつかなかったそうですが」

被害者の加藤廉は設楽氏の仕事を手伝っていて、あの離れを自分の部屋として使うことを許されていたが、三カ月前に大阪市内のワンルームマンションに移ったという。もし計画殺人だとしたら、犯人は当日の正午過ぎに彼が離れにやってくることを知っていたことになる。

「そのへんの事情はまだ不明ですね。――そろそろ着きます。あの家ですよ」

陰気な池の縁《ふち》を半周した先、小高いところにぽつんと建っていた。低いフェンスが巡らせてあるだけの開放的な邸宅だ。コンクリートの固まりのような武骨なデザインで、いくつものビルのオーナーにしては質素だなと思う。敷地は二百坪ばかりありそうだが、母屋と離れの間隔も狭くて、贅《ぜい》を尽くした豪邸と呼ぶにはほど遠かった。おまけに土地が傾斜していて、すぐ裏が池だ。

ルームミラーに映った私の顔から心の裡《うち》を読み取ったのか、鮫山が言う。

「ぱっとしない家に見えますが、中は豪華ですよ。家具や調度から裕福な暮らし向きが窺えます。お金を持っていることを、これ見よがしにアピールする家は危険だ、というのが設楽氏のポリシーなんです。防犯上、一理あります。監視カメラを設置してくれていたら、捜査員としてありがたかったんですが。警備会社と契約していながら、昼間に夫婦揃って在宅している時は警報システムを切っていたのも迂闊です」

そうはいっても、常時システムを作動させていると洗濯物を干しに出ようとしても非常ベルが鳴ってしまい、不便だ。設楽夫妻は、とりたてて用心する必要を感じていなかったのだろう。

車は制服警官が開けた門をくぐり、離れの脇で停まった。母屋と対になった灰色の固まりだ。東側が母屋に面し、窓が二つある。そのうち奥のガラスが派手に割れていた。

「まず現場をご覧いただきましょうか。どうぞ」

鮫山は〈立入禁止〉のテープをはずし、ドアを開く。建物は築後それなりの年月を経ているように見受けられたが、鍵はまだ新しい。警部補は、すかさずそれに言及した。

「ただのシリンダー錠にも見えますが、半年前に付け替えた最新式のものです。特に理由はありません。『安全を確保したいのなら錠は定期的に交換するもの。車のタイヤと同じで消耗品』と設楽氏は考えているようです。鍵については、後ほどまた詳しくご説明します」

ドアを開くだけで、離れの内部は一望できた。ワンルームマンションみたいなものだ。入ってすぐ左手に流し台。その奥のでっぱりは浴室とトイレ——かなり狭そう——だろう。北西の隅にベッド。その傍らに小さな机と椅子。割れた窓の下に、ずんぐりとした横長の整理棚。あらかたの私物は、大阪市内のマンションに運んだらしい。十二畳はあるから独り暮らしにはまず充分なスペースで、天井が高いのもいいのだが、壁が剝《む》き出しのコンクリートなのは寒々しい。それもデザインのつもりか。

割れていない窓の下あたりに、白いテープで人形《ひとがた》が描かれていた。遺体が倒れていた場所だ。資料の中に現場写真があったので、発見時の様子はありありと想像できる。フローリングの床は清掃されていたが、汚れを拭《ぬぐ》ったような痕《あと》があり、血の臭いが漂ってきそうだ。

「被害者は、このような姿勢で横臥《おうが》し、顔をドアの方角に向けていました。ですから、あちらの窓から覗き込んだ発見者、日下部亮太《りようた》の目にも誰だか判らなかったわけです」

「発見者は『停電で暗かった』とも証言していますね」

火村は、うろうろと室内を見て回りながら言う。

「はい。地震直後に能勢町から豊能町一帯の送電がストップし、このあたりは三時十四分に復旧しています。——停電が事件と関係しそうですか？」

「いいえ、まだ何とも」

私は、森下に尋ねる。

「ベッドの上、壁に瑕《きず》がついていますけど、あれは銃弾の痕？」

「そうです。九ミリ弾がベッドの上に落ちていました。犯行に使われた銃から発射されたものです」

「被害者は胸を二発撃たれていて、壁にも一発。三発、発射されているわけか。壁のは流れ弾かな」

「そうかもしれません」

「けど、被害者は素人でもはずさないほど近くから撃たれてたんでしょ？」

「人を撃つんですから、緊張のあまり失敗することもありますよ。あるいは、こうも考えられます。二発撃ち込んだ後、さらにもう一発撃ったんだけれど、被害者が倒れたので三発目は的をはずれて壁へ――」

鮫山が聞き咎めた。

『あるいは、こうも考えられます』やと？　聞いたふうな口を叩くやないか、森下。東の窓際に立ってた被害者を撃とうとしてはずれた弾が、なんで西の壁に飛んでいくんや。魔球か？」

「手許が大きく狂ったのかも……」

としか言い返せない。今日もしごかれる森下刑事であった。

「被害者が抵抗したのかもしれませんよ」私は援護射撃を試みる。「拳銃を持つ犯人の手にすがりついたので、とんでもない方角に飛んだとは考えられませんか？」

鮫山は、困ったような顔をした。すると、壁の弾痕を見ていた火村が、振り向きもせずに言う。

「被害者はほとんど即死だった、と聞いただろ。胸を撃たれながら、犯人の手にすがりつけたとは思えないな。――え、森下さんに助け船を出したつもり？　泥の船じゃ間に合わない

間に合わないぜ、の口調が小癪《こしゃく》だったが、確かに私の船は沈みつつあった。半ば照れ隠しに鮫山に尋ねる。

「壁の瑕や回収した弾丸の潰《つぶ》れ具合から、飛んできた方角は推定できないものでしょうか？あるいは弾が落ちていた位置から」

「そこまでは判りかねます。弾が落ちていた位置にしても、地震で動いているかもしれません」

「マカロフはオートマチックだから、薬莢《やっきょう》を排出しますね。それはどこに転がっていたんでしょう？」

「キッチンの方で一つ、ベッドの下で一つ見つかっています。でも有栖川さん、それこそ震度6弱でころころ転がっていますよ」

ごもっとも。しかし、いずれにしても大した意味はあるまい。犯人が一発撃ち損じたというだけのことだ。

犯罪の現場を研究のフィールドとする准教授は、ベッドを離れて割れた窓に視線を転じる。周辺の床には、ガラスの破片が散らばっていた。

「ちゃちな窓ですね。格子が嵌まっていないし、ガラスも薄い。簡単に割れそうだ。ねぇ、鮫山さん。そもそも、この離れは何のために建てられたんでしょう？」

「当初は不用品を収納するための物置だったそうです。それで防犯に気を遣っていないんでしょう。キッチンとユニットバスは、加藤さんが生活するようになったので作ったんです。そして、ドアにはしっかりした錠を付けたということですが、窓がこんなんでは、気安めにしかなりませんね。遺体発見時、そこも施錠されていました」

「何故ガラスが割れたんでしょう」

「判りません」

火村は、フィールドで愛用している黒い絹の手袋を嵌めて、窓のクレセント錠を調べていた。とりたてて変わった点はなく、滑らかに動く。

「この整理棚の上に、段ボール箱がのっていたんでしたね」

「はい。領置しましたので、現場写真でご覧いただきましょう」

警部補は小脇に抱えていたファイルを開き、私たちに見せる。側面に愛媛みかんと書かれた段ボール箱が一つ、棚の上に鎮座していた。箱の高さは、窓枠よりわずかに低い。

「中身は被害者の私物です」

二〇〇二年版の全国道路地図、車雑誌のバックナンバーが十冊、通販カタログ一冊。これらを古本屋に持ち込んでも引き取りは拒まれるだろう。他にガラス製の灰皿、百円ライター、ダンベル。せいぜい箱の半分ほどしか埋まっていないが、それなりに重量があるので地震の際も棚から落ちなかったようだ。

火村は、中身ではなく箱そのものに注目した。

「箱の上に、靴の型がついている。これは救急隊員が窓から入る際に踏みつけた痕ですね？」

鮫山は頷く。

「はい。中身が詰まっていなかったので、踏み抜きかけたんです。体勢が乱れて、慌てたそうですよ。転倒しなくてよかった。ガラスがちらばった上に倒れたら怪我をしたでしょう。隊員は、箱を脇によけて無事に中に入りました」

「箱は閉じてたわけだ」

「ガムテープで封がしてありました。ですから足場にしようとしたんです」

「しかし、これでは……」

火村は何か言いかけてやめた。写真と割れたガラス窓を見比べる彼を、鮫山はじっと見つめていた。

やがて准教授が視線を足許に落とすと、警部補はすかさず説明する。

「凶器が落ちていたのはそこです。今、先生が立っているあたり」

窓と壁のちょうど中間だ。やはり白いテープが貼ってあるので、言われなくても見当がついた。

「拳銃を現場に置いていったわけか。えらい大胆な犯人やな。ふつうは持ち去るもんやろう。

持ち歩くのが嫌やったら、離れを出てぽいと投げたら池に棄てられるのに」

私が言うと、今度は火村先生の賛同が得られた。

「そうだな。出所を手繰《たぐ》られない自信があったということか」

「なめた真似してくれます。後悔させてやらんと」

苦笑する鮫山に、火村は訊く。

「拳銃に残弾は？」

「五発残っていました、先生もご承知のとおり、マカロフは弾倉に八発入ります。ここに道具の写真が」

また、ファイルを差し出す。一瞥《いちべつ》した火村は眉根を寄せ、遊底《ゆうてい》の脇のレバーを指した。

「これは……安全装置が掛かっているように見えますね」

「掛かっていました。捨てていく拳銃に安全装置を掛けるのはおかしいですか？　つい癖でやってしまったとも考えられますよ」

そんな癖がつくほど拳銃を使い慣れているのだろうか？　犯人像が浮かんでこない。

「鍵について、お訊きしておくことがあるようでしたが」

火村に言われて、警部補はファイルのページをめくる。鍵の写真を見せるためだ。

「これなんですけれどね。何でもないようですが、簡単にコピーが作れる代物ではありません。もしも紛失したら、直接メーカーに発注しないとスペアが作れないんです。メーカーは、販売した鍵について完全にデータを管理していますから、発注者自身からの注文にしか応じないし、スペアを作れば必ず記録が残るシステムになっています。半年前に、設楽氏が錠を付け替えた時、メーカーから渡された鍵は三つです。先方に確認しましたが、それ以後にスペアの発注は一つもありません」

「この離れの鍵は、この世に三つしか存在しないわけですね。それぞれ誰が所持していたんですか？」

「事件当時、使用可能だった鍵はこの世で二つです」

計算が合わない。

「設楽氏はうち一つを手許に置いて、被害者に二つを預けました。ところが、設楽氏がうっかり――」

4

夫妻は母屋の二階で生活しており、一階は設楽明成《あきなり》の執務スペースにあてられていた。事務室と応接室。いずれもゆったりと広い。私たちは、三十畳近くある応接室で設楽夫妻と対面した。

「火村先生と有栖川さんです」

鮫山に紹介される。私たちの素性については、事前に連絡ずみだった。明成はベストのボタンをかけてから腰を上げる。頭髪をやや不自然なチョコレート色に染めていた。五十一歳ならば、白髪隠しか。一メートル八十を超す上背があり、シャツの上からでも筋肉の発達具合が窺える。若い頃に肉体労働に従事したとも聞いていないので、スポーツマンなのだろう。

「初めまして、設楽です」

夫が一礼するのに合わせて、傍らの夫人は車椅子に掛けたままで会釈した。

「大変に優秀な捜査アドバイザーだと伺っています。あらゆる協力をいたしますから、ぜひ早期の解決を。わけが判らない事件で、気味が悪いんです」

よく響く低音だった。言葉遣いは丁寧だが、語調が強引な性格を感じさせる。子供ならば、優しく話すけれど怖いおじさんかもしれない、と警戒しそうだ。

猿には似ていない。

「奥様とは二年半ぶりですね」

火村が言うと、設楽妃沙子はまた小さく一揖《いちゆう》した。

「その節は、大変お世話になりました。とんだご迷惑をお掛けしまして。先生方にこんな形でまたお目にかかろうとは夢にも思いませんでした。私の不徳の致すところでしょうか」

かつての彼女の姓は、三松。昨年の十月に結婚して、設楽妃沙子になっていた。

「先生はお変わりありませんね」

「助教授ではなくなりました」

「その若さで教授に昇進ですか」

「いいえ。昨年、学校教育法が改正されて、准教授に」

「あら、今はそう言うんですか」

妃沙子こそ変わっていない。今年で四十三歳になったはずだが、相変わらず若々しく、三十代半ばにしか見えず、ぱっちりとした形のいい目は、憂いを含んでいるせいかますます魅力的だ。黙っているだけで人の気を惹く何かを持った女性で、類まれな美貌の持ち主でないにせよ、個性派美人という称号にはふさわしい。ある種の魚類を連想させる大きめの口さえ、その顔にあっては麗《うるわ》しく見えるのだ。

とはいえ男の好みは変わったらしい。かつての彼女は、愛敬のあるモンキーフェイスが趣味だった。設楽明成を動物にたとえるなら、猿ではなく猫科の猛獣だ。

「妻と先生方とのご関係についても承知しています」明成は言う。「彼女から聞きました。二年半前、これが巻き込まれた事件を火村先生が解決に導かれたんですね。感動するほどの聡明さだった、と」

「戯れでなければ、社交辞令というものです。私こそ、奥様の堂々とした態度が忘れられません。私にとって、めったにない体験でした」

痛烈な皮肉だ。あの事件で火村は三松妃沙子を弾劾《だんがい》しようとしたのだが、目的は果たせなかった。彼女は、否定できない微罪のみ認め、道義的な罪を受け容れてみせたが、司直の追及は免れた。彼にすれば、忸怩《じくじ》たるものがあったはずだ。いや、割り切れない思いをしたのは彼だけではない。私だってそうだし、捜査にあたった者たち全員が法の限界を感じた。そのせいだろう、鮫山と森下は、背筋を伸ばして火村の言葉を聞いていた。

「二年半前のことは、あまり思い出したくありませんね。過去の違法行為についてのお咎めも受けましたし」

夫が咳払いをした。明らかに示威行動で、古い話はいいではないか、本題に入れ、と言いたいのだ。ゆるやかに話を転じるため、脚の具合はいかがですか？」

「杖をお使いでしたが、その後、脚の具合はいかがですか？」

妃沙子は、少し淋しそうな笑みを浮かべる。作りものめいた表情だ。

「あの事件の一年ほど後、階段を下りようとして転んでしまいまして。古いビルの入口です。ほんの三段しかなかったので、油断をしてしまったんですね。両膝をしたたか打って骨折してしまい、自力で立てなくなりました。以前は、調子の悪い時だけ使っていた車椅子から、今では離れられません」

「それはお気の毒でした」

「いいえ。主人や周りの皆さんがよくしてくれるので、同情していただくには及びません。幸せに暮らしています」

二人は、ちらりと目を合わせて頷いた。鴛鴦《おしどり》夫婦ぶりをアピールしてくれる。

車椅子を手放せなくなったのは人生にとって重大な変化だろうが、それにもまして驚いたのは、彼女が結婚していることだ。三松妃沙子は、年上の夫に慈《いつく》しまれて生きるタイプの女性ではなかった。自己愛に満ちているため愛される必要を感じず、若くて危なっかしい男たちに物心両面で施しを与え、愛《め》でるのを喜びとしていた。そんな彼女の周囲を、幾人もの青年が通り過ぎていき、挙げ句に奇怪な事件が起きてしまったのだが――変わったのか？

二年半という歳月は、人が生き方を変えるのに充分な時間ではある。そうでなくとも、あのような事件をくぐり抜けた後となれば、女傑も変わらざるを得なかったのかもしれない。

「ご主人とは、どうやって？」

馴《な》れ初《そ》めに興味が湧いた。

「加藤さんを通じて知り合いました」

加藤は二十七歳だった。やっぱり若い男を取り巻きにしていたのか？

「彼は、もともと私の家に出入りしていた子なんです。三年ほど前に、半年ほどうろちょろしていたかしら」かつての彼女はそんな暮らしを楽しんでいた。「そのうち『もっと広い世間を見てきます』と出ていって、しばらく日本中を放浪していたみたい。それが一昨年の冬にばったり街中で再会したんです。昔の事件に関して、裁判所に呼ばれた帰りのことです。『懐かしいわね、どうしているの？』と訊いたら、『大阪に戻ってきて、不動産関係の仕事をしていますと』」

「それが私の会社だったんです」明成が話を引き取る。「私の本業は自分が持っているテナントビルの管理ですが、土地やビルの仲介を手懸けることもある。大して儲かりやしませんよ。利益をあげるよりも、人脈を発展させるためにやっているような副業です。その雑多の仕事を、彼に手伝ってもらっていました」

こちらの経緯はシンプルだ。求人広告に応募してきたので、面接の上、採用しただけだという。

「妻と加藤君には積もる話がたくさんあったので、再会した後日にうちのビルに入居しているレストランで食事を一緒しました。そこにたまたま私が顔を出し、挨拶したのが縁の始まりです」

「ははぁ、ロマンスですね」

「ありがちですけれど。こう見えて、私も初婚なんですよ。これまで仕事ひと筋で、女性と真剣に付き合う暇もなかった」

三人で会食するようになり、やがて二人で会いだした矢先に、悲劇が起きる。妃沙子がレストランの階段で転倒するのだ。

「明成さんとご一緒の時に事故に遭われたんですか」

「はい」妃沙子は言う。「彼に落ち度はありません。手を貸そうとしてくれた、『いいわいいわ』と私が振り払ったのが悪いんです。それなのにこの人、すごく責任を感じてしまって、とうとう私を丸ごと引き受けてくれた。そそっかしいでしょう」

「おい、つまらん言い方するな。こっちは苦労して口説き落としたのに」

やれやれ。惚気《のろけ》を聞くためにきたのではないが、加藤廉と彼らの関係は把握しておく必要がある。端折《はしょ》って言うと、妃沙子が手術を伴う入院生活を経て、車椅子生活を余儀なくされるまで、明成が甲斐甲斐しく付き添ったことにより親密度は急速に深まって、ちょうど昨年の十月に結婚に至ったのだ。

「加藤君が喜んでくれましてね。縁結びの神になれた、と」

その恩誼《おんぎ》ゆえ、加藤がマンションの建て替えによってねぐらを失うと聞いた時、明成は『うちの離れでよかったら住めばいい』と誘った。足の便はよくないし、物置として建てられた離れだったが、加藤にとってはありがたかったのだろう。荷物をまとめ、すぐに引っ越してきた。それが去年の暮れだ。

「しかし、三カ月前に出て行ったそうですね。それはどうしてですか?」

ここからは火村に訊き役を譲る。

「家賃なしで置いてもらうことに気が引けたのかもしれないし、もっと賑やかなところで暮らしたくなったのかもしれません。その両方かな。そばにいてくれると家内も心強いし、私も安心して家を空けられるので、ありがたかったんですが」

経済的に余裕がある家だし、妻が車椅子で生活しているのだから、家政婦の一人ぐらいはいるものと思ったのだが、設楽家には使用人がいなかった。いらない、と妃沙子が言い張ったためだ。

「車椅子に座ったまま、何もかも人任せにしては黴《かび》が生えてしまいます。怠け癖がついてはいけない。そう思って、私が希望したんです」

だとしたら、やはり彼女は変わった。大勢の若い男に傅《かしず》かれ、身の回りの世話をさせて得意気だったのに。

「そのかわり、この家は完全なバリアフリーにしてもらいました。ホームエレベーターもついています。だから快適ですよ。この人は家事をよく手伝ってくれますし、食事はケータリングのサービスをうまく利用しています。買物だって、休日に車でまとめ買いに行ったり、通販ですませられますもの」

「設楽さんは、結婚する前からここにお住まいだったんですか？」

「ええ。使い勝手がよくない土地だったので引き取り手がなく、十年前に自分の家を建てたんです。静かな環境が好きなので、気に入っていますよ。当時から一階が仕事場で、二階に一人で住んでいました。いつでも嫁さんを迎えられるように作ったんですが、永らく無駄に広いままだった。お客には泊まってもらいやすかったけれど。……なかなか一昨日の話になりませんね」

「加藤さんのことを知らなくてはなりませんので。彼は、引っ越した後もここへやってきましたか？」

「仕事で何度もきています。夕食をとって帰ることもよくあったし、遅くなったら離れに泊まっていくことも。あそこは、ずっと彼のために空けたままでした」

「彼についてお二人とも好感を抱いていて、関係も良好だったわけですね？」

明成は、迷うそぶりなく答える。

「仕事の上でも、プライベートの上でも、そばにいて欲しかった。根が頑固で、時に短気で、時に思慮が浅くて、癖のある男ではありましたけれど、タフで闊達《かったつ》で信頼に足る人間でしたよ。彼は……どう思っていたんだろうな」

目をそらして、ふと窓の方を見る。

「加藤君は、妻を慕っていた。慕うといっても決しておかしな意味ではなく、甥が伯母に懐《なつ》くような感情ですよ。だから、彼女を見守るために、私の元で喜んで働いていただけなのかもしれません」

「そんなことはありませんってば」妃沙子は否定する。「あの子はあなたのことを慕っていたし、尊敬もしていましたよ。不器用なので、上手に表現しきれてなかったでしょうけれど」

「そうかな。君は親衛隊がいたぐらいのアイドルだから」

火村は、遠慮がちに尋ねる。

「奥様を囲む仲間がいらしたことをご存じなんですね？」

「本人が話してくれましたよ。ふらふらしてる若い男の子の世話を焼くのが大好きで、何人も取り巻きがいたんですってね。綽名《あだ な》が〈妃〉だったとか。加藤君からも聞いています。遺体を見つけた日下部君もその一人だった時期があるらしい」

地震の直後、設楽夫妻が電話に出ないことを心配して、車で駈けつけた男だ。

「日下部君は、親衛隊を出たり入ったりしていたそうですね。腰の落ち着かない男だ。四年ほど前に郷里の広島に帰ったけれど、また大阪に出てきて、フリーターをしているうちに仕事がなくなった。そんな時に、加藤君の噂を耳にして、彼に連絡を取ってきたんです。そうしたら、加藤君が『俺に任せろ』と安請け合いしたもので」

相談を受けた明成は、所有しているビルの管理人や入居しているテナントの短期アルバイトを継続的に世話してやることにした。何度かこの家に招き、四人で食事をしたこともあるそうだ。

「妻をアイドルと呼んだのは半ば冗談ですが、半ば本気です。日下部君は妻の話には一生懸命に耳を傾けて、欠かさず相槌を打ち、敬愛のまなざしを向ける。うちのワイフは、現役の青年キラーですよ」

「つまらないことを」

妃沙子は、夫の膝を叩いてたしなめた。火村はにこりともせず、加藤の生活状況や交友関係について尋ねる。答えるのは明成だ。

「変わった様子はありませんでした。仕事も真面目にこなしていましたし、事件の前日もふだんどおりの彼でした。不動産取引を手伝っていたというので、土地がらみのトラブルがあったんじゃないか、と思われるかもしれませんが、そんなことも一切ありません。ひと頃は、結構やんちゃだったんですってね。しかし、最近はすっかり落ち着いて地道にやっていましたから、人から恨まれるようなことは、なかったはずです」

「女性関係はどうです？」

「それは、まぁ……それなりに」歯切れが悪くなった。「若い男ですから、ガールフレンドもいたでしょう」

「詳しくはご存じないんですか？」

「私生活については……」

突然、明成は「あああ」と喘《あえ》いだ。発作でも起こしたのかと驚いてしまう。

「もう我慢ができん。あの女のこと、話してしまうよ」

妃沙子に許可を求める。戸惑いの表情を見せる彼女に、鮫山が尖った声で言う。

「加藤さんの女性関係について、奥さんが口止めしていたんですか？　困りますね、捜査に協力していただかないと。どんなわけがあるのか知りませんが」さらに明成に「設楽さんも設楽さんです。『あらゆる協力をいたします』だの『早期の解決を』と言いながら、隠し事は勘弁してくださいよ」

夫妻は口々に詫びた。妃沙子は「申し訳ありません」と深々と頭《こうべ》を垂れる。

「私が間違っていました。『確かな根拠もないのに、人に疑いが掛かるようなことを言わないで』と、主人に頼んだんです。加藤さんは、物盗《と》りと鉢合わせして殺されたのかもしれない。強盗の仕業ではないことがはっきりしたら、その時は『実はこういうことが』と警察に話せばいい、と考えたんですが、愚かでした」

「重要な情報が欠けると、捜査が混乱をきたします。犯人を利することになるんですよ。本当に理解していますか？」

火村が言う。囁くような小声なのは、怒っている徴《しるし》だ。夫の面前でなければ、〈やはりあなたは信用ならない〉ぐらいの言葉をぶつけたかもしれない。

「私から話します。——あなた、ごめんなさいね」

夫に手を合わせてから、妃沙子は語りだす。加藤廉は、切れたつもりの恋人に付きまとわれて困っていたのだという。

「汐野亜美《しおのあみ》という女性です。喫茶店でたまたま隣合わせて、煙草の火を借りたのがきっかけでお付き合いしていた時期があったんだそうです」

「それはいつ頃ですか？」

「今年の六月です。二カ月ほどは、親しくして、主人と私が有馬《ありま》温泉に一泊旅行をした時、自分の部屋に入れたりもしたらしいんですが、そのうち相手の粗《あら》が目につきだして、加藤さんの方が別れ話を切りだしました。でも、汐野さんは未練があったらしく、素直に聞き入れてくれなかった」

「八月頃に破局したんですね。それで、相手の女性はどうしたんですか？」

「メール攻勢です。『あなたには私しかいない。きっと帰ってくるから待っている』というメールを毎日送ってくる程度だったのが、彼がいっかな応じないもので、仕事先で待ち伏せすることもあったと言います」

「その件について、ご主人も聞いていますか？」

返事は「はい」だ。

「車の中でラジオを聴いていて、ストーカーのことが話題になりまして。『危ない男が多いな』と言ったら、『女だって怖いですよ。今ちょっとまずいことになってるんです』と。携帯電話のメールも見せてもらいました。〈地獄までもついていく〉〈暴力団やってる幼なじみのコに話したら、メチャ怒ってる〉〈私は命がけ〉といった過激な言葉が並んでいて、『やばいでしょう』と言うから、『そんなのは常套句《じょうとうく》だ。あまり気にしすぎるのもよくない』と無責任に応じてしまいました。彼が引っ越したのも、その女性が原因だと思います」

「さっきはそう言わなかったのに。――ここまで押しかけてくるようになったからですか？」

「いいえ、ここに出没はしませんでしたが、もしそこまでエスカレートしたら、私たちに迷惑が及ぶ、と懸念したんでしょう。具体的な恐怖も感じてたはずです。離れの鍵のスペアを、うっかり女に渡していたそうですから」

「それは違う」妃沙子が訂正する。「渡したんではなくて、付き合っていた頃、財布に入れてあったのを抜き取られたのよ」

「ああ、そうだった」

　酔っている隙に盗られたらしい。帰宅したところで鍵がなくなっているのに気づいたので、加藤は母屋で鍵を借りなくてはならなかった。

　後日、加藤が鍵を返すよう詰め寄ったところ、女に「盗ってないよ。酔った勢いでくれたんやないの」と往《い》なされてしまう。「押しかけたりせえへんから。お守り代わりに持ってたいだけ」と甘えた声で言ったが、その頃を境に、加藤の彼女に対する気持ちは急速に冷めていったらしい。

「加藤君には、あらかじめ離れの鍵を二本預けていたから不自由はしなかったし、彼の留守中に女が忍び込むこともありませんでした。しかし、別れた後も返してくれないとなると、無気味でしょう。錠を付け替えればいいとも思いましたが、彼は引っ越しを選びました。つい先日、携帯も買い替えていましたよ」

「その汐野さんという女性は、何をしている人なんですか？」

「深夜に近所のコンビニで働いているそうです。会ったこともないので、詳しいことは知りません。宝塚《たからづか》市内で独り暮らしをしている、ということですが」

火村と鮫山の目があった。警部補は、「海坊主に」と部下を追い立てる。捜査本部の船曳警部へ報告せよ、との意だ。森下は、勢いよく部屋を出ていった。

私はつくづく鈍い。彼らが一様に緊迫した理由が、とっさに判らなかった。火村は、諭《さと》すように夫妻に言う。

「その女性のことは、もっと早くに話していただくべきでした。事件後、彼女から電話などはかかっていませんね？」

「ええ。これまでも加藤君に電話をかけまくるだけで、私たちには何も――」

「取り乱した電話があっても、よさそうなものです。加藤さんが殺されたことは、テレビや新聞で大きく報じられていますから、汐野亜美の耳にも入っているはずです。彼女、通夜や葬儀の場所が気にならないんでしょうか？」

「ストーカー行為をしていたので、のこのこ出てこられないと思っているのかもしれませんよ」

やっと気がついた。

汐野亜美は、逃走したのかもしれない。

5

二階に上がると、だだっ広いばかりの部屋だった。車椅子に座ったままでも調理できるよう設《しつら》えられたシステムキッチン、シャンデリアが眩しいダイニングに、ゆったりとしたリビングが連なっていた。鮫山に聞いていたとおり、照明器具も家具も高級そうなものばかりだ。脚にふんだんに浮き彫りを施したダイニングテーブルだけでいくらすることか。ヒッコリーブラウンのサイドボードはいかめしいばかりに重厚で、絨毯《じゅうたん》もゴージャスだ。庶民の私には、どれほどの値がするのかいちいち見当がつかない。

悲惨なものがいくつかあった。一つは、ガラスが割れてしまったウォールナット色のキュリオケース。ひょろりとした飾り棚は、地震であっさり転倒しただろう。中身も多大なダメージを被《こうむ》ったらしく、ほとんど空っぽだ。食器棚も同様。夫妻が昏睡している間に色々なものが壊れている。怪我がなくてよかった。

もう一つ、違った意味で痛々しいものは、飾り鋲《びょう》が目立つロココ風のソファ。この部屋にまるで調和していない。その新しさからして、妃沙子の希望で買い求めたものなのだろう。彼女の趣味の悪さ、どこかねじれたセンスは健在だ。変わったところと変わっていないところが斑《まだら》模様になっている。

「ここでいつものように昼食をとろうとして、届いたばかりのワインを開けたんです。ここに座って、妻と乾杯した」

明成は、ダイニングの椅子の背をぽんと叩いた。問題のワインのボトルも、箱や包装紙も、すべて警察が持ち去っていて、ここにはない。

「昼食の際、いつもワインをたしなむんですか？」

火村は、部屋の方々に視線を投げながら尋ねる。

「よく切らしますが、あれば飲みます。ワイン愛好家というほどでもありません」

ちょうど切れているところに、好物のイタリアワインが飛び込んできたわけだ。犯人が明成の生活習慣と嗜好を熟知していたら、当日の昼食時間を狙って睡眠薬を送付したことになる。

「乾杯して、絶妙のアルデンテに茹で上がったリングイネを食べかけたら、妻の上体がふらふらしだした。貧血でも起こしたのかと声をかけると、『なんか変なの』と言う。『気分が悪いのか？　横になれ』とソファに寝かせたところで、私も猛烈な眠気に襲われました。さてはワインにおかしなものが入っていたなと思って、一一九番に通報しようとしましたが、できなかった。この椅子に座ったところで意識がなくなり、目が覚めたら夜で、寝室のベッドにいました」

「ここはどこかしら、と思ったわ」と妃沙子が呟《つぶや》く。

睡眠薬を摂取した量が判らず、他の毒物を服んだ可能性もあったので、病院に搬送されるべきところだったが、地震による負傷者で受け入れ先がなかった。そこでやむなく、奥の寝室でケアされたのだ。覚醒したのは、妃沙子が午後八時頃。明成がその約一時間後である。

事件の重要なポイントだが、当事者たちからさしたる情報は得られなかった。ワインを飲んで、たちまち眠った。これだけなのだから。

「取引先の名を騙って発送されていたわけですが、そこからワインが届いたことはありますか？」

「ワインはなくとも、中元や歳暮に外国産ビールをもらったことはあります。それで何の疑いも持たなかったんです。だいたい密封されたボトルの中に睡眠薬が盛られているなんて、思いますか？」

犯人はキャップシールを破った上、栓《せん》に注射針を刺して薬を注入している。栓の穴は意味ありげなシールを貼って隠し、丁寧にキャップシールをつけ直していた。好物をいいタイミングで差し出されたら、見落としても仕方あるまい。それだけの細工であったと警察も認めている。

「歳暮シーズンだというのに、贈答品恐怖症になりそうです。これからは毒味係に猫でも飼いますか」

明成は、犯罪学者が猫好きとも知らずにぼやいた。

「あの日、設楽さんはずっと在宅でお仕事をなさっていたんですか?」

火村の質問がワインから離れる。

「ええ。経理上のあれやこれやを。区切りがついたら、気になっている吹田《すいた》の物件を見にふらりと出掛けたかもしれませんが」

「それは不確定だった、と。加藤さんはどんな予定だったんですか?」

「午前中、その吹田の物件について調べるよう命じていました。午後二時からは、池田市内のテナントビルで防水工事のやり直しが入っていたので、その立ち会いを」

「しかし、正午過ぎから午後一時半の間に離れで殺されていた。どうして彼はここへやってきたんでしょう?」

「判りません。業務上の急用ができたのなら、まず電話をしてからここへくるでしょうし。謎です」

「一人でやってきたのではなく、犯人と二人連れだった可能性もあります。加藤さんのバイクは離れの横に停めたままでしたが、深山の奥でもありませんから、犯人は歩いて逃走することもできた」

明成は、黙って聞いている。妃沙子は二階に上がってからずっと無言で、車椅子の肘掛けを意味もなく撫でていた。

「業務上の急用ではありませんね」火村は続ける。「それなら事前に電話をしてくるはずだ、とおっしゃいましたが、彼が死んでいたのは離れです。あちらに用があったんでしょう」

「用って？」妃沙子だった。「離れをご覧になったのでしょう？　加藤さんが引っ越した後は、あのとおりで何も残っていません。どんな用があると言うんですか？」

「奥様にお考えは？」

「訊き返されてしまったわ。――考えなんてありません。仕事をさぼって昼寝に寄ったとも思えませんしね」

外回りの仕事をさぼるのに、わざわざボスのそばにくるわけがない。

「彼が離れにやってきた理由は、大きな謎です。しかも、その時間、母屋のお二人は睡眠薬によって眠らされていた。二つの事象が無関係だとは、私には思えないんです」

「それは先生の意見表明ですね。私としては、ああ、そうですか、と承るしかありません」

間髪を入れずに言い返す。曲者ぶりが、ちらちらと覗きだした。それに負けじと、私も久しぶりに口を開く。

「離れに段ボール箱があった。あの中の何かが必要になって、取りにきたんやないかな。あの箱の中身、ご存じですか？」

夫妻とも首を振り、妃沙子が答える。

「あれは、引っ越し業者が手違いで積み残したものです。加藤さんが自分で荷造りしたので、中身は知りません。けれど、『ひと箱残っているわよ』と言ったら、『はい、知っています。

がらくたしか入っていないので、しばらく置いたままにしておいてください』とのことでした」

私は、軽く異を唱えた。

「平素はがらくたでも、何かの折に必要になることもありますよ」

「あるでしょう。けれど、もし彼が何かを取りにきたのだとしても、死んでしまったのですから、それは離れに残ったままでしょう。そんなもの、ありましたか？」

「彼を殺害した犯人が持っていったのかもしれませんよ」とっさの思いつきだ。「それを奪うことが犯行の目的だった可能性さえあります」

「可能性なら、いかようにでも想像をたくましくできます。でも、そこまでいくと小説に等しいのでは」

棘《とげ》のある表現で言い返されてしまった。退却して、しばらく火村に任せよう。

「加藤さんが離れにきた理由については、いったん棚上げですね。まだ情報が不足している。お二人が関知していないことだけは判りました。——離れの鍵について伺いましょう」

鍵は三つあり、二つを加藤に預けたのだが、うち一つは汐野亜美に盗られてしまった。もう一つは母屋で保管されていたのだが——

「設楽さんが、サイドボードの後ろに落としてしまったんですね？」

「はい、あれです」壁際のそれを指差す。「鍵の整理をしていて、あの裏に落としてしまいました。だったら拾えばいい、と思われるでしょうけれど、あのサイドボード、天然材ででできているから重たくてなかなか動かせない。ふだん使わない鍵だし、外出先で落としたわけでもないし、まぁいいか、と放置していたんです。加藤君が女に鍵を盗られたそうだから、そのうち付け替えるつもりでしたしね」

その鍵は捜査員によって回収されて、今は警察が預かっている。したがって、事件発生時、使えた鍵は二つしかなかったわけだ。

「使用可能だった二つの鍵のうち、一つは被害者が身につけていました。上着の内ポケットに入っていたんですよね？」

火村は、鮫山に確認する。

「はい。ご丁寧に、ポケットのジッパーもきちんと閉まっていました」

「犯人は、現場から立ち去る際にドアに施錠している。鍵を持っていたわけだ」

初歩的な三段論法によって、犯人は汐野亜美という結論が導かれる。

「その女が、加藤さんを殺《あや》めて逃げた」明成は唸る。「顔も知らないので、どうも実感がありませんね。メールは恐ろしげでしたが、若い女の子が拳銃をぶっ放すというのは、どうも……。近頃は日本中でおかしな事件が頻発していますが、そんなのは聞いたことがない」

「これが記念すべき第一号なのかもしれません」

火村は席を立って、室内を歩きだした。まずサイドボードの前に立ち、両手で動かそうとする。動かせなくはないようだが、いかにも重そうだ。ガラス戸の中を覗いて、嘆息した。
「大したものは入っていないのに。サイドボードそのものに重量があるんですね。これなら動かす気が萎《な》えるのも無理はない」

部屋には、東側と西側に一つずつ大きなサッシ窓があった。どんな景色が見えるのか、と私も立って見てみる。設楽邸の東はなだらかに下り坂になっていて、フェンスの向こうでは枯れ草が風にそよぐばかりの淋しい眺めだ。銃声を聞いた者がいないのもやむなし。

西の窓からは、殺人現場の割れていない窓が見えた。距離は三メートルもない。加藤廉は、夫妻が眠っているすぐ近くで撃たれ、あの下で息絶えたのだ。

サイドボードの上の電話が鳴った。設楽が出て、「これはどうも。お気遣いいただいて、ありがとうございます」と応じる。そして、送話口を押さえて鮫山に言った。
「知人が心配してかけてきたんです。ちょっと失礼します」

彼は電話機を片手に廊下に出た。聞かれたくない電話なのではないか。私が勘繰るぐらいだから、警部補はおとなしく座ってなどいない。廊下から洩れてくる声を聴き取るべく、すっと立って、ドアに身を寄せた。妃沙子は愉快ではなさそうだ。私は、そんな彼女に話しかけた。
「三松妃沙子さんでいらした頃は、投資で稼いでいましたね。株価なんて人の思惑さえ読めれば先が読める、とおっしゃっていたのが印象に残っています」

「そんなことを言ったでしょうか」はにかんだように微笑む。「株価は市場に先んじて動くものなのに、日本では後追いをする〈頭の悪い相場〉というのが続いていましたから、経済に無知な私でも四勝一敗ぐらいのペースでうまくやれたんですよ。誇るべきことではありません」

「しかし、その元手は保険のセールスでお稼ぎになったんですから、お金に強いんですよ。今もパソコンを操って、財産を殖《ふ》やしているんですか？」

「いいえ、利殖はやめてしまいました。家事をこなしたり、主人の経理を手伝ったりで手いっぱい。あの事件の後、色々あってタネ銭もなくしてしまいましたしね。主人に『株の達人だったんだろ。遊び半分でやってみるか？』と言われても、その気にならないので遠慮しました」

「そうか」

「え？」

「ご主人が経済的に恵まれていますから、リスクを負って利殖に励むことはありませんね」

彼女は、また微笑んだ。

「こんな時に言うのも何ですが、お幸せそうです」

「私のようなものが、法律では裁かれませんでしたが、人を不幸にした罪のある人間が、こんな幸福を摑んでよいものか、と思うこともあります」

彼女に対して複雑な気持ちを抱いていた私だが、そこまではっきり言われると祝福したくなる。この世には、悲運や不幸があふれている。幸せになれる者は、なればいい。

「アレは、まだお持ちですか？」

思い切って訊いてみた。何を指しているのか判らない様子だ。

「干涸《ひから》びた、アレです」

「ああ、猿の……」

猿の左手のミイラ。願い事を三つかなえてくれるという呪物だ。二年半前の事件では、それが思わぬ形で殺人事件を招いた。

「処分しました」

「まだ一つ、願いをかなえてくれるんやなかったですか？」

「有栖川さん、ご存じじゃありませんか。猿の手は、願いを聞いてくれる代わりに、災いをもたらします。人間の心の弱さにつけ込んだ不吉なものです。始末して、ほっとしています」

「欲しがる人がいるかもしれません。誰かに譲ったんではないんですね？」

「あの事件のすぐ後、燃やしました。あんなものは、抹殺してしまった方がいいんです。まさか、有栖川さんは欲しかったのでは——」

「いいえ、いりません。推理作家が迷信に走るわけにいきませんから」

現実には、迷信深かったり占い好きの推理作家もいるだろう。だが、私はアレを手許に置きたくない。持っていなければ、どうしようもない苦況に立った時、馬鹿にしていた猿の手にすがる自分を見て、二重に凹《へこ》むこともない。

「あんなものより、火村先生の方がよほど頼りになるわ。きっと加藤さんにひどいことをした犯人も突き止めてくださると信じています」

その声が届いているのかいないのか、准教授は西の窓辺に立ち、外を見つめたままだった。

廊下の声がやんだ。鮫山がドアのそばから離れ、明成が戻ってくる。

「中座して失礼しました。仕事がらみの話もあったものですから」

鮫山の反応から察するに、不自然なところのない電話だったらしい。ビジネス・マスト・ゴー・オン。地震が起きようと、自宅の敷地内で人が殺されようと、仕事は中断できない。

「鮫山さん」妃沙子が切なげに言う。「あの子の、加藤さんの遺体はいつ帰ってくるんですか？　懇《ねんご》ろに弔《とむら》ってやりたいんですけれど」

「地震のせいで、解剖も時間がかかりましてね。まもなくお戻しできます。――葬儀の方は？」

明成は決めていた。

「私たちと、日下部だけの密葬にします。彼は天涯孤独の身で、報せるべき肉親もいませんん」

「そうですか」

しんみりとなったところへ、森下が飛び込んできた。何故か鼻息が荒い。

「おう、遅かったな。警部、何か言うてたか?」

戸口で「はい」しか言わないので、警部補が歩み寄る。森下が何やら耳打ちすると、鮫山は小さく頷いた。

「何か判ったんですか? 私たちにも教えてください」

妃沙子は、両手を胸の前で組む。だが、懇願せずとも、機密を要することではなかった。

「皆さんにお話ししなくてはならないことです。睡眠薬入りのワインを送った人物が判明しました」

「誰です?」と明成が気色ばむ。

「宅配便を扱った店に、『この人ではないか?』と顔写真を示したところ、店主は『間違いない』と答えたそうです。彼、耳たぶの形に特徴があるでしょう。それを見て『うちの義理の兄にそっくりだ』と思ったとかで、信憑性は高そうです」

「耳たぶに特徴」妃沙子は、自分の耳に右手をやって「まさか加藤さんのことじゃ……」

「そのまさかですよ。捜査員が持参したのは、加藤廉さんの写真だったんです」

小さな溜め息が聞こえた。火村だ。そのしたり顔からして、予想していたことなのだろう。

「やはり彼は、何かたくらんでいたようですね」

そう言い、人差し指で唇をなぞった。

6

捜査本部が置かれている豊能署に、次々に捜査員らが戻ってくる。帰るとまず班長である船曳警部に得てきた情報を伝え、労《ねぎら》われたり渋い顔をされたり。そんな様子を見ていると、刑事というのはまさに狩人あるいは猟犬なのだな、と思う。朝会と呼ばれるミーティングをすませ、本部を飛び出した後は完全に個人プレイであり、どんなネタを摑んで帰るかで評価が決まる。刑事捜査イコール組織力と思いがちだが、組織というものが街をうろつき回って真相に肉薄するわけではないのだ。

「かなり動きが出てきました」

私たちを見るなり、警部はうれしそうに言う。何人かの狩人が、大きな獲物を持ち帰ったらしい。

「睡眠薬入りのワインを発送したのは、被害者の加藤廉やったそうですね。驚きました。どんな魂胆があったんでしょう」

「有栖川さん。それ以外にも新しい事実が浮かんできたんです。汐野亜美についてはお聞きになっていますね？」

お聞きになっているも何も、設楽夫妻がその女ストーカーについて語りだす場に立ち会った。警部より先に耳にしているつもりでいたが。

「汐野亜美のことを探り出して、本人に会ってきた者がいます。彼女が戻りしだい、会議を始めるつもりです。七時にはスタートできそうやな」

刑事部屋の時計は、六時半を指している。ほとんどの捜査員が巣に帰り、残る数人も署に向かっているらしかった。

「彼女、ですか？」

火村が聞き直すと、警部は大きく頷く。

「ご紹介する間がありませんでしたな。会議の後で引き合わせましょう。先週うちの班に入った女性で、高柳《たかやなぎ》真知子《まちこ》といいます。阿倍野《あべの》署の捜査一係から引き抜きました」

「また阿倍野署ですか」と私。かつて森下が留置場係をしていた署だ。

「森下の奴、『僕が成功例になったわけですね』とぬかして喜んでいます。きたばっかりの高柳の方が年齢も刑事のキャリアも上なので、『森下君』と呼ばれていますけれどね。どんなネタなのか、電話で手短な報告を受けただけなんで、私もまだ詳しくは知りません。よろしければ、火村先生だけでなく、有栖川さんも会議に入りませんか？」

火村英生のフィールドワークに何度も帯同している私だが、部外者の遠慮もあり、これまで捜査会議に加わったことはない。「いいんですか？」と念を押してから、出席することにした。

「知ってたか？」

廊下に出てから、火村に訊く。

「何を？」

「ニューフェイスの女性刑事」

「いいや。初耳だけれど、別にびっくりするようなことじゃない。増えているからな。――にやけるなよ」

失敬な。にやけてなどいない。阿倍野署から引き抜かれた新鋭に興味が湧いただけである。

自販機のコーヒーを飲んでいたら、女性のものらしい靴音がやってきた。もしかして、と顔を上げた時は遅く、人影が刑事部屋に消えたところだった。まぁ、いい。煙草を一服つける火村の傍らで、コーヒーを飲み干す。七時一分前に、鮫山警部補が「二階で始まります」と声をかけてくれた。

警察署には、会議室というものがないらしい。会議は、仕切り壁を取り払った板張の講堂で開かれる。三列に並んだ長机に捜査員が二人ずつ掛け、正面に豊能署長、船曳警部、小松《こまつ》原《ばら》捜査一課長が着席した。お歴々の後ろの壁には、署訓を記した額が掛かっている。火村と私は、部屋全体が見渡せる最後列の片隅に座った。

女性も何人か交じっていた。中ほどより後ろにいるのは、応援に駆り出された豊能署の捜査員だろう。森下と並んで掛けているショートヘアが高柳真知子刑事に違いない。身じろぎもせず、正面を向いている。警部らの背後の黒板には、ドラマでよく見るように関係者たちの相関図らしきものや現場付近の略図が記され、写真もマグネットで留められていた。

会議は警部の司会で進む。初っ端《しょっぱな》に指名されたのは、船曳班で古株の茅野《ちの》巡査部長だ。宅配便の送り主が加藤廉であることを突き止めてきたのは、彼だった。お手柄の狩人は、起立して報告を始める。

「――というわけで、米穀店の大将は『この男に間違いありません』と言い切りました。関係者や関係のない者やら十二人の写真から迷うことなく加藤を選んだことからみても、確実だろうと思われます。以上」

「意外な犯人や」警部は太い首筋を掻く。「送り状に指紋をつけんように注意してたらしいな。その大将、他に何か思い出せへんかったか？」

「あいにく。ただ、何もないのにしきりに外を気にしていたそうで、それは大将になるべく顔を見られないようにしていたのかもしれません」

座ろうとする刑事を、警部は止める。

「加藤はワインに睡眠薬を入れて、設楽夫妻に送った。なんでやろう？」

「とんと見当がつきませんが。まるで盗みに入ろうとしたみたいですね」

「盗むって、金か？　経済的に困窮してたという話は出てないけど」

「盗れそうな金があったから手を伸ばそうとしたんやないですか。奥さんが車椅子生活をしてて、あの家は留守が少ない。それで夫婦もろとも眠らせてことに及ぼうとしたとも考えられます」

しかし、そんなことをしたら身近にいる自分に容疑がかかりそうで、現実味が乏しいように思う。火村はメモも取らず、警部と茅野のやりとりを黙って聞いていた。

「仮に、茅野やんが言うとおりやったとしても、その加藤が離れで殺されることになった経緯が判らんな。共犯者と仲間割れでも起こしたか？」

「あり得るんやないですか？」

「現場が離れというのが解せんな。あそこはほとんど空っぽやった。盗みが目的やったら、わざわざ立ち入る必要はなかったやろう。それに、押し込みに入ったわけでもないのに共犯者が拳銃を持ってたというのも、しっくりこんな」

「ふだんから拳銃を持ち歩いてるような、手荒な奴やったんでしょう。日本中をふらふらしてるうちに知り合《お》うた人間かもしれません」

「それらしい人物は浮上してきてないけどな。――ええわ、ご苦労さん」

次に指名された鮫山警部補は、汐野亜美なる女が加藤につきまとい、脅迫まがいの態度で彼を悩ませていた件について要領よく報告した。小柄な豊能署長がひょいと立ち、黒板に女ストーカーの名前を書き込む。彼女が送りつけた携帯メールに〈暴力団やってる幼なじみのコに話したら、メチャ怒ってる〉という一文があったことに、警部はひっかかったらしい。

「怖がらすために適当なことを書いて送っただけかもしれへんけど、暴力団と聞いたらマカロフを連想してしまうな。やくざをけしかけるぞ、とはっきり脅したメールはないんか?」

「迷惑メールに辟易《へきえき》した被害者が携帯を替えたので、記録が残っていません。設楽明成氏が被害者から見せてもらった中に暴力団という言葉が出てきたのは一度だけだったようです」

ここで茅野が独り言めかして洩らす。

「加藤はやくざと接触して、『詫びる気があるんやったらひと仕事せえ』と言われたんかもなぁ」

警部は手にしたペンで頰を突《つつ》き、ちょっと考え込んだ。茅野の見方はまったくの憶測にすぎないが、ある程度は筋が通る。

「汐野亜美を知っているやくざに『ひと仕事せえ』と脅迫されて、公私ともに世話になってる設楽氏の家に盗みに入ろうとしたわけか。その下準備として睡眠薬入りのワインを送りつけ、夫妻が昏睡している家に忍び込んだ。手が込みすぎてるようやが、ここまではええとしよう。問題はその先やな。なんで加藤は離れで撃ち殺されたりしたんや? 土壇場になって彼が『やっぱりできません』と拒んだんやとしても、殺すのは乱暴すぎる。その現場が離れというのも変やし、設楽邸から盗まれたものはないんやろ? 奪われたのは、夫妻の時間だけや。そのへんの経緯のうまい説明が見つからんな。うまく説明できたらええというもんでもないが」

「そのやくざが実在するかどうかを確かめんとな」

小松原課長が短くコメントした。

「それについては、明日、汐野本人に質《ただ》すことにします。――そしたら、高柳。土産を出してくれるか」

ベージュのジャケットにパンツ姿の女性が「はい」と応えて立った。やはり森下の隣の彼女だ。若々しいが落ち着いた声が講堂に響く。淀みのない話しぶりだった。

豊能署捜査一係の古参刑事とともに、高柳真知子は被害者の交友関係について洗っているうちに、汐野亜美という女のことを耳にした。証言したのは、死体の第一発見者の日下部亮太だ。宝塚市在住で市内のコンビニで働いていると聞き、すぐさま本人を直撃することにした。電話を何本かかけただけで、すぐに突き止められたという。

「汐野亜美と対面してきたんやな？」

「はい。川西恵仁会《けいじんかい》病院に入院中でしたので、病室で面会しました」

加藤の死は大きく報道されているのだから、彼にたいそう執着していた汐野がニュースを聞き逃したはずはない。聞けば設楽夫妻のところに現われるなり連絡を取るなりしてくるのではないか、音沙汰がないのは逃走したからではないか、などと考えていたが、邪推であった。入院中で、身動きがままならなかったのか。

「地震の際に倒れてきた箪笥《たんす》で頭部を打撲し、全治二週間です。容態は安定していて、面会に支障はありませんでした」

入院と聞いて盲腸炎でも思ったのかと思ったが、迂闊であった。ここ数日、地震の負傷者で病院が大賑わいしているのを忘れていた。

「被災者だったわけか。加藤が殺されたことは知ってたか？」

「昨日の夕方、テレビのニュースで知り、大変なショックを受けたそうです。悲しいのだけど、まだ実感が湧かないとも話していました」

事件に関与していないとしたら、不幸のダブルパンチだ。さぞ気落ちしていることだろう。

「どこで地震に遭うたんや？」

「市内にある遠縁の親類宅を借りて独りで暮らしていたのですが、その家は半壊です。救助されたのは、地震発生から三時間が経過した一日午後四時過ぎ」

「救助ということは、壊れた家の下敷きにでもなってたんか？」

「いいえ、下敷きになっていたわけではありません。彼女は地下の物置を整理していて地震に遭い、箪笥に頭をぶつけて昏倒しました。少しの間、気を失っていたと言います。意識が回復し、外へ出ようとしたら、扉が歪んでしまって開かない。怪我の痛みに耐えながら、扉を叩いたり叫んでいるうちに近所の方が気づいて、ようやく助け出されたのだそうです」

「ふぅん、地下室に雪隠《せっちん》詰めされてたんやな」

「本人の証言です。まだ裏は取っていません」

警部は、またペンで頬を突く。

「宝塚市内の家から犯行現場まで、どれぐらいかかる？」

「車で十五分というところでしょうか。ただ、当人はマイカーも運転免許も持っていません。電車を利用した場合は、最寄り駅のＪＲ中山寺《なかやまでら》駅へ行くだけで徒歩十分、阪急電車や能勢電鉄に乗り換え、さらに現場まで十五分は歩かなくてはなりませんから、一時間近くはかかるかと」

警部は、汐野亜美のアリバイの有無について検討しているのだ。犯行推定時刻は、十二時十分から一時半。汐野が十二時十分に加藤を射殺したのだとすると、家に帰り着くのは一時過ぎになろう。地震が発生したのは一時二分だから、何とも微妙なところだ。この場で即断しかねる。

「唸ってるじゃないか」

火村に言われた。

「唸りもする。アリバイが成立するかどうか、ぎりぎりや。時刻表を調べとうなってきたわ。最寄り駅から自宅まで自転車を必死で漕いだら、数分は短縮できるかな」

「必死で？」

「そら犯人やったらアリバイ作りのためにがんばってペダルを漕ぐやろう。なんせ、ぎりぎりなんやから」

またしても迂闊である。私は、自分がおかしなことを口走っているのを自覚していなかった。

「アリバイ作り？　お前が何を言おうとしてるのか俺には判らない」

前では船曳と高柳のやりとりが続いている。授業中に私語をする学生の気分を思い出した。

「なんでやねん。汐野が犯人やとしたら、のんびりしてる余裕はないやろ。十二時十分に犯行をすませた後、自宅に飛んで帰って『私は家から出られませんでした』と言い張るためには……。ん？」

「なるほど」火村は、したり顔になった。「そういうことか。つまり、彼女が地下室に閉じ込められたのは事故ではなく、あらかじめ計画されていたことだったと言いたいんだな。しかし、そんな小賢《こざか》しい真似をするためには――」

「言わんでもええ」

そんな小賢しい真似をするためには、神ならぬ身でありながら、震度6弱の地震が一時二分に起きることを事前に知っていなくてはならない。不可能だ。

「お騒がせしました。高柳刑事が大事な報告をしてるのに、邪魔して悪かった」

「どういたしまして。有栖川先生との会話を楽しみながら、大事な話はちゃんと聴いてたさ」

それはよかった。

高柳の報告は、汐野亜美と加藤廉の関係に移っていた。六月に喫茶店で煙草の火を貸したのがきっかけで知り合い、二カ月ほど交際。八月の初め頃に些細《ささい》なことから喧嘩となって——とここまでは設楽夫妻から聞き及んだ話と同じだ。問題はその後で、汐野に言わせると「お互いに気まずくて、連絡が取りづらくなっていた」のだと言う。

「鮫山主任の報告と食い違うな。八月以降、加藤廉は汐野亜美をストーカーとしか見てなかったようやぞ」

「汐野本人の言ですから、自分に都合がいいように話したのかもしれません。先ほどの主任の報告によると、酔った隙に鍵を盗られた、と加藤は話していたそうですが、汐野の言い分は異なります。『彼が暮らしていた離れの合鍵を預かるほど親しかった』とのことですから」

照れ隠しの嘘だろうが、妄想の世界に入ってそう思い込んでいるのかもしれない。

「設楽夫妻によると、被害者は恐怖心を抱いてた。汐野の話は信用しかねる」警部は冷たく決めつける。「汐野は、ストーカー行為などしていないと言い張るんやな？」

「被害者がストーカー行為に悩んでいたことは、私も日下部亮太から聞いていました。なので、その件について問い質してみたのですが、当人は頑として認めません。それは誤解か、あるいは悪意のある嘘だと。はなはだ心外な様子でした」

「ドスの利いたメールを送りつけてたらしいが」

「柄がよくなかったことは認めていますが、脅したとは思っていないそうです」

「君の見た印象はどうや？」

「どうと言われても、判断できません」

「判断ではなく印象を訊いてるんや。ここは法廷やないんやから、感じたままを答えてみなさい」

ニューフェイスの緊張をほぐすように、警部はソフトに促す。

「はい。汐野亜美という女性は、二十六歳という年齢の割に話し方が幼く、ややぞんざいです。枝葉末節な部分で矛盾があっても意に介しません。信用できるタイプとは言いがたい人物と見受けました。――ただ」と付け加える。「それは性格が大雑把なだけかもしれません。口幅ったいようですが、私の印象ではシロです」

「理由は？」

「印象ですから根拠はありません。あえて言えば、この度の事件の容態と本人のキャラクターが合わないことでしょうか。彼女が自分を振った男性に恨みをぶつけるのなら、回りくどいやり方はせず、包丁を持って路上で襲うタイプに思えます」

「女の直感か」

茅野がぽつりと言うと、すかさず訂正する。

「刑事の直感……のつもりです」

語尾がやや弱かったが、臆したのではなく、先輩にいくらか遠慮したのだろう。警部は苦笑している。

「茅野やん、黙っとけ。――どんな経歴の女なんや？」

「当人が語ったところによると、一九八一年尼崎《あまがさき》市の生まれ。十二歳の時に三重県松阪《まつさか》市に引っ越しますが、高校を卒業してすぐに大阪へ。事務職から水商売まで、十以上の仕事をしてきたそうです。一年前に親類一家が転勤でアメリカに渡ったので、留守番を兼ねて空いた家に住んでいました。その頃からコンビニで深夜のアルバイトをするようになったのだとか。家賃がいらず、贅沢もしないので、生活には多少のゆとりがあったと言います」

「加藤に送ったメールには、幼馴染みに暴力団員がいてるように書いてたが――」

「メールにそんなことは書いていない、と否定していますが、かつて付き合っていた男性の中に暴力団員がいたようです。しかも、銃刀法違反で逮捕されています」

「何？」警部は、むっとなる。「それを早言《はよ》わんか。さっき課長が指摘した点やろ」

高柳は、小さな雷に肩をすくめた。「すみません」と声が細くなったので、がんばれ、と声援したくなる。

「汐野が自分から打ち明けたんか？」

「興奮気味に乗ってしゃべっているうちに、口が滑ったという感じです。加藤の殺害に拳銃が使われたことを思い出して、『私は事件とは無関係ですからね』と言い添えていました」

「警察に疑われることを警戒しているようやったか？」

「はい。以前の交際相手が目の前で逮捕されたので、警察にはアレルギーがあるのだそうです。その暴力団員と付き合っていたのは、一昨年の春から秋にかけて。大阪ミナミのキャバクラに勤めていた頃で、男の名前は梶井功安《かじいこうあん》。当時三十五歳。指定暴力団、金波会《きんぱ》の構成員でした。前科と詐欺の余罪があったため、三年の実刑判決を受けて現在は服役中です」

「梶井功安。江戸時代の医者みたいな名前やな。その男についてはあたるとして、汐野はもう関係は切れてると言うてるんやな？」

「はい、捕まった時点で切れている、と。手紙のやりとりもいっさいありません。梶井が逮捕された際、同棲していた汐野も取り調べを受けていますが、関与は認められなかったようです。本人が言うには、『ほんまの極道やとは思うてなかった』と」

そのへんは疑ってかかることもできるが、梶井功安が刑務所の塀の中にいるのが事実であれば、加藤殺害の実行犯たり得ない。ただし、梶井を通じて知り合った暴力団関係者に頼んで拳銃を入手した可能性はある。

「汐野をもっと洗《あろ》うた方がええな。動機がある」小松原課長が言った。「熱をあげていた男につれなくされて、憎さが百倍。気持ちを抑えられんようになって殺してしもうたんかもしれん。もしそうやったら、凶器は別れた梶井の置き土産とも考えられる」

さっき高柳が述べた〈刑事の直感〉を無視するような言い方だったが、捜査のプロセスと

して は常道だろう。

警部補が何か反応を見せたらしく、警部が「鮫やん、どうかしたか？」と訊く。

鮫山は、咳払いを一つしてから「汐野亜美は被害者を恨んでいたかもしれませんし、銃刀法違反でパクられた男と同棲していたことがあるというのも、ひっかかります。しかし、彼女が逆上して加藤を殺したんやとしたら、事件直前に設楽夫妻に送りつけられた睡眠薬入りワインにはどんな意味があるんでしょう？　見当がつきません」

私にも判らない。

加藤が汐野につきまとわれて困っていたというのは偽りで、二人は親密さを保ったままだった、というのはどうだろう？　周囲を謀《はか》っていたのだ。そうしておいて、コンビプレイで何か悪さをしようとしたのでは？

しっくりこない。睡眠薬入りワインで設楽夫妻を眠らせておき、泥棒を働こうとしたのなら、二人が別れたふりをしなくてもよさそうなものだ。それに、主人らが昏睡している家に忍び込むだけなら拳銃はいらない。ありふれた盗み以上のことを企んでいたのだろうか？　どんな犯罪なのかと訊かれたら、答えに窮してしまうのだが。

その後も捜査員たちの報告が続いたが、さしたる情報はなかった。閉会する直前、警部はちらりと私たちの方に視線を送り、火村が顔の前で小さく手を振った。何も発言いたしません、という返答だ。毎度こんなふうなのかもしれない。

「よおし、また明日」

　警部は太い声を出し、一時間半で会議は終了した。ガタガタと椅子を鳴らして、捜査員らは立ち上がる。まだ八時半だったが、事件が発生して二日目ということもあり、ほとんどの者はここに泊まり込むらしい。作家で言うと〈カンヅメ〉か。

課長と署長は肩を並べて退室していったが、警部は椅子に掛けたままで、ショートカットの女性刑事にひと声かけてから私たちを呼んだ。高柳は起立して、こちらに向き直る。船曳もゆっくりと腰を上げた。

「ご紹介します。うちにきたばかりの高柳真知子巡査部長。こちらは英都大学の火村英生准教授と、推理作家の有栖川有栖さん」

「よろしくお願いいたします」

高柳は、切れのいい一礼をして、面《おもて》を上げると火村と私を交互に見ながら言う。

「先生方のお噂は、阿倍野署時代にもよく伺っておりました。お目にかかれて光栄に存じます」

相手は警察官で、初対面なのだから当然だろうが、堅苦しい挨拶だ。私は、意識して背筋を伸ばした。

「いい噂であればありがたいんですが」

火村が真顔で言うと、高柳も真剣なまなざしで応じる。

「もちろん、いいお噂ばかりです。本部にきてからも、船曳警部に『手本にして、しっかり勉強しろ』と言われています」

「過分のお言葉ですね。肩のあたりが重たくなってきた」

火村の方を向いて話す彼女を、私はこっそり観察した。ショートヘアにしては長い前髪の隙間から、広い額が覗いている。額というより、可愛らしくおでこと呼ぶ方がいいか。おでこが広い女性に対して、私はしばしば好感を抱く。顔立ちはどちらかというと和風で、よく整っている。目許はぱっちりとしているのだが、それでいてどこか明るさに欠けていた。魅力的ではあるが、陰で口の悪い人間から「あの子は表情が暗い」と言われるタイプかもしれない。それが彼女の個性だろうが。

「有栖川さんも、ご指導をよろしくお願いします」

予期せぬことを凛《りん》と言われ、思わず口ごもってしまった。曖昧に微笑んで、こっくり頷く。われながら締まりがないこと夥《おびただ》しい。スマイルだけでは日本語がしゃべれないみたいだから、何か言うことにしよう。

「先ほどの報告、とても興味深く聞かせていただきました。汐野亜美という女性が気になりますね」

「長時間の話はつらそうだったので、まだ訊きたいことがあったのに切り上げたんです。明日の午前中に、再度訪ねていくことになっているんですが」

「先生方も一緒にどうですか？」横から船曳が言う。「同行して仕事っぷりを見てやってください。午前中に宝塚まで行くのが面倒やったら、どうです、今晩はここに泊まりませんか？　たまには道場に敷いた布団で寝るのもオツなもんですよ」

「今夜は帰ります。仕事を持ち帰っているもので。明日、大学に提出してから車で病院に直行します。――お前、どうする？」

泊まって行けよ、と火村は言いたげだ。捜査一課の猛者《もさ》たちと雑魚寝《ざこね》する。推理作家たるもの、そんな貴重なチャンスを逃してはならないのだろうが、気詰まりで安眠はできそうにない。いったん自分の部屋に帰って寛《くつろ》ぎたかったので辞退した。

「そしたら、病院の場所と面会の時間を先生方に――」

警部が高柳に言いかけた時、ゆらりと大地が動いた。今日初めて体感する余震だ。せいぜい震度2というところか。十秒ほどで治まった。

「ああ、揺り籠つき。今夜はよく眠れそうです」

高柳は、にこりともせず言った。

7

翌朝、私は会社員時代のように七時半に起床し、きちんと朝食をとり、朝刊を熟読してからマンションを出た。地下鉄とJRを乗り継ぎ、川西恵仁会病院の最寄り駅である川西池田駅に向かう。その駅前で、十時に火村と待ち合わせていた。

駅前のロータリーに、騎乗した鎧《よろい》武者の像が聳《そび》えている。源《みなもとの》満仲《みつなか》だ。電車はその背後から回り込むように駅に着く。意外に知られていないが、旧摂津《せっつ》国川辺《かわべ》郡のこのあたりは清和《せいわ》源氏発祥の地なのだ。いわば関東武士のふるさと。今日は立ち寄る暇がないだろうが、少し歩けば満仲を始めとする五公を祀《まつ》った多田《ただ》神社や、源氏一門の祈願所の満願寺《まんがんじ》がある。勇壮な像を見上げながら、少し早かったかな、と思っていたら、おんぼろのベンツがやってきて、私の前で停まった。

「眠い」

火村は欠伸《あくび》をしながら発車させる。昨夜は、深夜まで大学に提出する書類をまとめていたらしいが、私だっていつになく早起きしているのだ。ダッシュボードに眠気ざまし用のガムがあったので、一枚取って口に放り込む。しばらくの間、私がガムを嚙む音だけが続いた。

「昨日の夜は、高柳刑事も道場で雑魚寝したんやろうか？」

沈黙を払うため、つまらないことを言ってみる。

「そんなわけねぇよ。空いてる部屋のソファででも眠ったんだろう」

「せやろな」

「優秀だよ」

「高柳さんか?」

「阿倍野署で三年刑事をやっていたんだそうだ」

「あ、いつの間にそんな聞き込みを」

「本人からちらりと聞いたんだよ。阿倍野署勤務が三年で、今三十一。二十八で刑事になっている。大卒でそれなら最短コースに近いな」

「大学を出てるっていうのも、ちらりと聞いたわけや」

「うるせぇな。――ほら、あれだ」

五分も走っていないのに、前方に五階建ての病院が見えてきた。事件についての意見交換をしないうちに、もう目的地に着いてしまう。私は気持ちを引き締めるため、右の頰を叩いた。

入ってすぐのところに立っていた高柳が、私たちを見て寄ってくる。昨日、パートナーを組んでいた所轄の刑事はいなかった。

「お一人ですか?」

火村の問いに「はい。朝会の振り分けで、そうなりました。先生方が同伴してくださるからでしょう」

「まさか。そんなわけはありませんよ」

朝の会議の様子をざっと聞いてから、汐野との面会に向かう。相手は食堂で待っているらしい。大部屋では立ち入ったことが訊けないから、汐野が場所を指定したのだそうだ。全治二週間と聞いたが、歩き回れるのか。

五階に上がるエレベーターでは、包帯姿が痛々しい車椅子の患者と一緒だった。付き添っている看護師との話から、被災者だと知れた。今朝は静かで落ち着いているが、この病院も地震当日は大童《おおわらわ》だったに違いない。

喫茶コーナーで見舞いの客らしき二人連れがコーヒーを飲んでいたが、時間が時間だけに食堂はがらんとしている。その一番奥の窓際に、ピンクのパジャマを着た女が座っていた。頭部に包帯を巻き、両頰には大小の絆創膏。高柳と目が合ったのか、小さく会釈をした。

ストーカーというから、陰気で癇《かん》が強そうな女を想像していたが、そうでもなかった。表情も仕草も穏やかで、すさんだ雰囲気はない。肌艶《はだつや》もよく――入院患者に言うのも妙だが――健康的な、どこにでもいるごく普通の二十六歳の女性に見えた。

彼女は、私たちが同席することを高柳から事前に聞いていた。犯罪学者とその助手がしゃしゃり出てくることについて、抵抗はないようだ。捜査に協力的というよりも、気力が萎え、異議を唱えるのも面倒になっているのかもしれない。

「起きても大丈夫なんですか？」

高柳は、さらりと訊く。

「多少あちこち痛むけど、へっちゃら。無理はしてません。検査なんかも自分の足で歩いて行ってるし、ベッドに寝たままもしんどいから」

「災難でしたね」

私が、ありふれた悔やみの言葉を口にすると、ふっと淋しげに笑う。

「ほんまの災難はこれからかな。私の怪我なんか大したことないから、じきに退院させられますもん。そしたら、たちまち行くとこあらへん。家、半壊して住まれへんから、どっかの避難所に行かされるんやろな。寒空に放り出されへんだけましか」

「ご家族は？」

「両親は、千葉の兄夫婦のところ。どっちも病弱で、要介護。兄貴と私は仲悪いし、面倒みてもらいようがありません」

かなり厳しい状況だ。彼女が殺人犯か否かは別として、同情した。そんなものは拒絶されるかもしれないが。

「何か飲むものを買ってきましょうか？」と高柳が言うと、「コーヒー。ミルク多め」とのことだったので、助手の私が立つ。四人分のコーヒーを盆にのせて戻ると、話は本題に入っていた。

「加藤さんは、これをあなたに無断で盗られたと言っていたそうですけど——」

「せやから、違うって昨日も言うたやないですか、刑事さん。預かったんです。廉は嘘ついてたんや。——おおきに」

私から紙コップを受け取ると、汐野は軽く頭を下げた。

「どうして嘘を？」

「知りません。酔うてて、自分がしたことも忘れてたんやないですか。そのこと、ショックです」

これ、とはテーブルの上に置かれた鍵。犯行現場となった離れの鍵だ。

「お話の腰を折ってすみません。この鍵は、どこにあったんですか？」

気になったので尋ねると、汐野が右頬の絆創膏をいじりながら答えてくれる。

「うちの地下の物置です。箪笥の上から二段目の抽斗《ひきだし》。夏以降は使う機会がのうなったけど、なくしたらあかんから、そこにしもてたんです」

「ということは、地震の後、この鍵は汐野さんとともに地下室に閉じ込められていたわけですか？」

「そう」

「ずっとその箪笥にしまってあったんですね？」

「そう」

犯行現場の鍵は、三本しか存在しない。うち一本は被害者が身につけており、もう一本は母屋のサイドボードの裏に落ちたままだった。残るは汐野亜美が占有していた一本のみ。それが人手に渡る機会がなかったとすると、やはり彼女は怪しいのではないか。

「これのおかげで私、勘繰られてるんでしょ?」私の胸中を見透かしたように言う。「殺人の現場の鍵ですもんね。嫌やわ、ほんま。鍵持ってたからって、犯人やと決めつけられるんやろか」

高柳は首を振る。

「いいえ、そんなことはありません」

「でしょ? テレビのニュースで言うてましたよ。あの離れ、窓ガラスが割られてたいうやないですか」確かに報道されている。「そしたら、犯人は鍵を持ってない人間や。そういうことになりませんか?」

「うーん。それはちょっと」

うーん、で小節《こぶし》を回した。

汐野はコーヒーを啜《すす》って、「何がちょっと?」と訊く。

「鍵を持っていない犯人が窓ガラスを割って入ったとも考えられますが、犯行をすませた後は入口から出ていきそうなものです。わざわざ窓から逃げないと思いますよ」

「趣味やったんかも」

高柳はくすっと笑い、すぐ真顔に戻った。憂いを含んだ顔に似合わず、笑い上戸――大阪弁でゲラ――なのかもしれない。

そんなことより、汐野の頭の回転の速さに感心した。多少的はずれであろうと、何を問われても即座に答えを返す。なかなかの知的反射神経ではないか。そんな彼女も、次第に苛立ち始めた。

「私はあの日、ずっと家におった。あの離れには近づいてません。誰か私のことを見た人でもいてるんですか？」

「いいえ」高柳が穏やかに言う。「現場付近で汐野さんを目撃した人はいません」

「当たり前ですよ。夜勤から帰って、七時に寝て、正午過ぎに目を覚まして、ご飯食べて、物置の整理してたら地震がきて、頭打って気絶して、地下室に閉じ込められてたんやから。人殺しなんかしてません。ご飯を食べてすぐ地下室の整理に行くか？　行ったら悪いんかな。前の晩、コンビニで一緒の子としゃべってて、ラジオがないって言うから、『それやったら要らんのがあるからあげるわ』て言うてたんです。正確に言うたら、片づけながらそのラジオ捜してたんですよ。だいたい、私はまだ廉のことが好きやったんです。未練あったんです。殺したりするわけない。刑事さんらは、そんな私を色眼鏡で見る。それが仕事なんやろうけど、たいがい酷《むご》いことしてますよ」

少し興奮してきたようなので、高柳が言葉を尽くして宥《なだ》める。宥めるだけでなく、そのまま「加藤さんは、あなたにとってどんな存在だったんですか？」と質問につなげていくあたり、いい手並みだ。汐野が思いのたけを吐き出しやすい空気ができた。

短い間。

厨房の方から、昼食の下ごしらえをする音が聞こえてくる。背後を振り返ってみたが、私たち以外には誰もいなかった。汐野が両掌で包んだ紙コップの中で、コーヒーが冷めていく。

「……何やったんやろ」雫《しずく》が落ちるように言った。「あんなおかしな付き合い方したん、初めて。喫茶店でたまたま知り合うて、話が合いそうやから交際しだした。初めの一カ月半ぐらいは、ほんまに楽しかった。廉が好きやったし、廉も私のこと、好きやったと思う。積極的やった。ほんまええ感じ。彼から、会おう会おうてまめに電話やメールくれたんやもん」

言葉が途切れそうになったので、高柳が問い掛ける。

「一カ月半ほどして、関係が変化したんですね？　どういうふうに変わったのかを話してください」

「そんなん、お決まりのパターンやないですか。私からばっかり『会いたい』って電話するようになった。あれ、何かおかしいな、と思うた時は、手遅れ。『最近、避けてへん？』と訊いたら、『別に』。『電話が減ってるやん。メールしても返信ないし』と言うたら、怒られた。『そういうところが鬱陶しい』。もしかしたら、気に障《さわ》るようなことしたんやないか、と胸に手当てて考えても、さっぱり理由が判らへん。せやさかい焦って、『なんでなんで？』ってなって、下品なメールも送って、そんなことするからよけい嫌われて……。けど、そうなった原因は廉。今でも訊きたい。なんで？」

独り言のようになっていた。

「何のきっかけもなく、態度が変わったんですか？」

「そう。刑事さん、そんな経験、あります？」

「いいえ。理由が判らないというのは、つらいですね」

「つらいわ。彼が死んで、永久に判らへんようになった。——男性やったら判りますか？」

アイ・ハヴ・ノー・アイディア。それだけでは答えようがなかったが、思いついたことを言ってみる。

「加藤さんは、何か誤解してたんやないでしょうか。汐野さんに関する間違った噂を聞いて」

「私の噂なんか世間に流れてませんよ。昔付き合うてた男のことも自分から話してたし、ふた股かけてたわけでもない。私、都合の悪いことを隠したりしてませんでした」

「誰かがあなたを中傷したということはありませんか？」

「チューショーって、悪口？　誰かがなんでそんなことをするんか判りませんけど、もしそんなことがあったとしても、彼、『こんなことを耳に挟んだ。ほんまなんか？』と訊いたと思います。絶対そう。なんでって、私との関係を切りたがってたんやから、その方が話が早いやないですか」

そうだなぁ、と納得してしまう。

「あなたの言うとおりです」火村は言う。「だとしたら、原因は加藤さんの側にあったのかもしれません。何らかの事情が生じて、あなたとの交際が困難になったとも考えられる」

彼女は、不愉快そうな表情を見せた。

「他人のことやと思うて、勝手に色々言うてくれますね。その事情って、何かな。どうせ判れへんのでしょ？　こっちは真剣に悩んでるのに、無責任やわ。一億三千三百万七千二十掛ける九百六十四がいくらになるか一生懸命計算してる人間の横にきて、『十億より大きいでしょう』って言うようなもんです。意味あらへん」

切り返された火村は「お気を悪くしたのなら、お詫びします」

彼女の機嫌はたちまち直る。

「火村先生は紳士ですね。堂々と謝れる男って、好きですよ。けど、謝ってもらわんでもかまいません。イラッときただけ。そんなん、しょっちゅうあることやから」

汐野は額に手をやり、しばらく黙っていた。やがて溜め息をつく。

「……あかん。廉にどんな事情があったんか考えてみたけど、やっぱり思いつきません。心の謎やから、どんなええコンピュータを使うても解けへんでしょうね」

コンピュータには無理だし、地上の誰にも解けない。それどころか、死んだ加藤廉の魂を召喚したとしても、うまく答えられないかもしれない。

「復縁を迫って、加藤さんの携帯に恫喝《どうかつ》するようなメールも送りつけましたね？」

刑事の問いに、素直に頷く。

「自分の感情を抑えきれんようになって、『こんなメールを送ったらよけいに嫌われる』と思いながら、変なことを書いてしまいました。後悔してます。もしかして……それもあって警察は私を疑《うたご》うてるんですか？　せやろな。アホなことしたから、仕方ない」

「暴力団員の友だちがいる、とも書きましたね？」

「覚えてます。けど、そんなん嘘です」

「昔付き合っていた梶井という人のことが頭にあったから、そんな書き方をしたんですか？」

「そうかも……。けど、梶井とはもう何の関係もないし、あの人は服役中やから、私が何か頼める状態やない。悔しまぎれに、チンピラみたいな口をきいただけです」

「メールはどれぐらい送信しました？」

「全部で五十通ぐらいかな。だんだん虚しいなってきて、そのうちやめました。自分を傷つけただけやった。自分が嫌。こういうのって、何て言いました？」

作家でもあると紹介されたせいか、彼女は私に訊いてきた。

「自己嫌悪かな」

「あ、それ。その言葉、しっかり覚えとこ。もう自己嫌悪せんように」

満身創痍の女はまた少し黙ってから、儚《はかな》げな声で呟いた。

「私、誰かと比べて棄てられたんかな」

繰り言《ごと》だ。もう考えなさんな、と言ってやりたかった。

8

「次の信号を右折してください」

助手席の高柳が道路地図を見ながらナヴィゲートする。おんぼろベンツは、半壊した汐野の家に向かっていた。

「私がここで事故を起こしたら、面倒なことになるでしょうね」火村は縁起のよくないことを言う。「警察は民間人の運転する車で捜査していたのか、と」

「責任は班長が取ってくれるはずです。警部の指示ですから。火村先生には全幅の信頼を寄せています」

「大胆な。私がどんな車に乗っているか知っているのに」

あることにふと気づいて、後部座席から私が尋ねる。

「高柳さん、よく考えたら宝塚市って兵庫県ですね」よく考えなくてもそうだ。「兵庫県警の縄張りですけど、仁義は切ってあるんですか？」

「いいえ。面倒なので仁義は省略しています。あちらも地震のおかげで大忙しでしょう。手を煩わせるのは申し訳ありません」

了解。そもそも、北摂の真ん中に県境があるのがおかしいのだ。豊能郡や池田市、箕面市《みのお》が大阪府で、宝塚市や川西市が兵庫県。わけが判らん。明治政府による摂津国の胴斬りには、いまだ承服しかねる。

いや、今はそんなことを考えている時ではない。別れたばかりの汐野亜美の印象を整理してみよう。彼女はクレバーだ。それゆえに奥があるかもしれない。加藤廉への思慕を断ちがたく、いかにも消沈した様子ではあったけれど、それらが巧みな演技ということもあるのではないか？

これまで聞いた話によると、彼女にはアリバイらしきものがある。死亡推定時刻ぎりぎりの十二時過ぎに犯行をすませたとしても、一時二分までに自宅に戻るのは困難だった。そして、一時二分以降は自宅の地下室に閉じ込められていたわけだが、犯行が絶対に不可能というのでもあるまい。このアリバイには穴がありそうだ。私は、現地でそれを確かめてやろうと思う。

「表情が険しいな、アリス」ルームミラーを見ると、火村と目が合った。「汐野亜美のアリバイ崩しか？」

「くそっ、なんで判るんや」

「思念が洩れてるんだよ、お前の場合」

そんなアホなことがあってたまるか。鎌を掛けられただけで「なんで判るんや」と告白してしまう自分の素直さが腹立たしい。

高柳が手帳を開く。

「彼女が一時二分までに自宅に帰ろうとしたら、川西池田駅発十二時三十八分の電車に乗らなくてはなりません。十二時十分に加藤廉を殺害し、すぐさま立ち去ったとしても、現場から川西池田駅まで二十八分で着くのは無理です。十五分ほど足りません。タクシーを利用した可能性もあるので、念のために調べることになりましたが。でも……急いで帰宅するなり地震が起きた、というのも妙なタイミングですね」

「そこなんですよ、問題は。彼女に正確な地震予知ができたはずがない。もしかしたら、地震というハプニングを利用したのかもしれません。それがどういうものか、まもなくはっきりするでしょう」

「およその見当はつくけどな」と火村。

「何なんですか、先生？」

「私がばらすのも不粋《ぶすい》ですから、後で本人に訊きましょう」

「判りました」高柳は左折を指示して「有栖川さんのことを、アリスとお呼びなんですか？知らない人が聞いたら、きょとんとしそうですね」

「言われてみれば。五音節の名前はまどろっこしくて、つい下の二音節を省略してしまうんです。――失礼、高柳さんのお名前もそうだった」

「まどろっこしいですか？　もしそうでしたら、下の名前でお呼びください。真知子さんが言いにくければ、コマチでも私はオーケーです」

阿倍野署時代の愛称なのだそうだ。小町といえば、美人の異称。もしかしたら、その呼び名がお気に入りなのか？　火村は「そのうちに」と笑った。

車窓に目をやると、屋根をブルーシートで覆った家屋が散見する。崩れたブロック塀もある。宝塚市では十一人の死者がでていた。

汐野亜美宅――親類の持ち家だが――は、町はずれにあった。付近には空き地も目立ち、夜は人通りが絶えそうだ。ブルーシートが掛かっているだけで遠目には何でもないようだったが、近づくと玄関が派手に損壊し、モルタルの外壁には稲妻形の亀裂が走っていた。窓ガラスはすべて割れ、住めたものではない。

手前の路肩に車を停め、そばに寄ってみた。〈半壊〉の貼り紙がしてあり、立ち入りが禁じられていた。前庭に佇んで見上げると、二階の物干し台が傾いている。表札には田口《たぐち》とあった。

「そんなに古い家でもなさそうなのに、ひどくやられてるな」

火村の呟きに応え、「欠陥住宅ですよ」と後ろで声がした。振り向くと、白髪頭をしたご隠居風の男が立っている。

「築二十八年の私のあばら家がしゃんとしてるのに、築六年の家がこうなるのはおかしい。

基礎工事が甘かったんでしょう。ここを建ててる時、ええかげんなやり方しとる、と思いながら見てました。壁の筋かいも入ってないんやないかな」

向かいの家の主人だった。掃除をしていて出てきたらしく、箒を手にしている。

「カラオケルームにしたかったらしいけど、下手な業者に地下室なんか作らすからですよ。いらん部屋こしらえるから、ここの娘さん、閉じ込められてしもた」

「ドアが開かなくなったんだそうですね。近所の人に助け出されたと聞いていますが、もしかして――」

「わしです。一人では埒《らち》が明かんかったんで、近くの若い者を呼んできて、二人掛かりでドアを破りました。そしたら、中で娘さんがえらい怪我してたんで、慌てて一一九番しましたわ」

「その時の様子をお聞かせいただけますか？」

高柳が警察バッジを提示した。

「あ、警察の方でしたか。そのことやったら、お巡りさんに話してますけど。もう一回？かまいませんよ。せやけど、助け出すの遅かったやないか、と責めんといてください。地震のすぐ後、わしは声をかけたんですから。『どないですか、大丈夫ですか？』言うて。けど、その時は返事がなかった。せやさかい外出してるんやな、と思いました」

汐野の言を信じるならば、それは彼女が脳震盪を起こして気絶していたからだ。ご隠居はまさか地下室に閉じ込められているとは思わず、ひしゃげた玄関から奥に呼びかけただけらしいから、昏倒した汐野に声が届くはずもなかった。

「うちの家も瓦が落ちたりして、いくらかダメージがありました。庭の鉢植えも全部壊れてしもうて。そんなんを片づけながら、汐野さんは帰ってこんけど無事だったんやろか、と思うて気にしてたら、地下室の方からドンドンと音がするやないですか。それで、あ、下におったんか、と初めて判ったんです。気の毒に、三時間も寒いとこに閉じ込められとったんや」

「この家の持ち主は、汐野亜美さんのご親戚だそうですね。被災したことを知らないんでしょうか？」

「田口さんはアメリカです。向こうの連絡先を聞いてるよって、わし、国際電話してあげたんですよ。そしたら、あろうことか奥さんが盲腸をやってしもて、明日が手術なんやそうで。飛んで帰っても半壊した家は戻らんし、住み込んでた汐野さんも怪我はしたけど大事には至らんかったいうんで、こっちへくるのは早うて来週になるみたいです。その間、泥棒が入ったりせんように警察や町内会で目を光らせることにしてます」

だからご隠居は私たちを見て、不審者ではないかと見に出てきたのだろう。ちょうどいい。彼にぜひとも尋ねたいことがある。

「近くの若い方と一緒にドアを破った、とおっしゃいましたね。お独りだけでは、どうにもならなかったんですか？」

「せやさかい助けてもろうたんです」

当たり前やないか、という顔をされる。私の訊き方がよくなかった。

「ドアは、まったく開かない状態だったんですか？」

「はい。押しても引いても、びくともしませんでした。押して開けるドアやから、引いてびくともせんのは当然ですけど。柱がね、歪んでしもてたんです。二人がかりであかんかったら、消防署の人にきてもらうしかない、と思いました。どうやって開けたか？　汐野さんに『ドアから離れときや』と言うて、代わる代わる蹴ったんですよ。十回ぐらいやったら蝶《ちょう》番《つがい》が壊れて、やっと開きました」

淀みなく答える。間違いありませんね、と念押しする気にもならない。

「手伝うてもろうた人がよかった。そこのリサイクルショップの半田《はんだ》さんいうて、地元のサッカーチームの選手です。ええキックやったわ」

訊きたいのは、そんなことではない。

「割れた鉢植えなどの片づけをなさっていたそうですが、地震後、ずっと庭に出ていらしたんですか？」

「いえいえ。何回か余震があったでしょ。庭におって瓦が落ちてきたら危ないんで、汐野さんがおらんようなんを確かめてからは、しばらく家の中におりましたよ。様子が落ち着いてから外に出たんです。その頃合？　一時間以上はたってからかな」

その間、汐野宅に視線を注いでいる者はいなかったわけだ。火村を見たら、にやりと笑う。私が考えていることが読めたのだろう。

「警察の人がなんで今頃この家を見にきたんですか？」

「視察に回っているだけです。家の傷《いた》み具合をもう少し調べてみます」

高柳が適当なことを言うと、ご隠居は「ご苦労さまです」と引き返していった。

問題の地下室を見分することにし、コンクリートが罅《ひび》割れた階段を下りた。壊れたドアが立てかけてある。不用心ではあったが、中を覗くと、盗まれそうなものはなかった。古びた箪笥、子供用勉強机、チープな健康器具などが、雑然と収納されているだけ。箪笥や健康器具の置き方がことに雑なのは、地震でいったん倒れたからだろう。

「汐野さんが三時間で助け出されたのは、不幸中の幸いでしたね」高柳が言う。「こんなところに半日も閉じ込められたら大変だった。トイレにも行けないし、寒くてたまらなかったでしょう。食べるものもなければ、水もない」

必死でドアを叩き、大声を張り上げたとしても、ご隠居がこの家のことを注意していなかったら気づいてもらえなかったかもしれない。刑事は、なおも言う。

「倒れてきた箪笥で頭を打ちましたけれど、地下室に下りていなければ、もっと重い怪我をしたかもしれません」

「それについて、異論があるんじゃないのか、アリス？」

私の思念は耳の穴から洩れているのか、それとも鼻の穴か？　見透かされているようだが、披露せざるを得まい。

「汐野亜美は、会う前に想像していたより聡明な女性に思えたけれど、行動の抑制を失う激情的な一面もあるらしいから、加藤廉殺害の容疑者の資格はありそうです。ただ、アリバイの問題がある。設楽夫妻が眠ってすぐ、正午過ぎに犯行に及び、ただちに現場を去ったとしても、地震が起きた一時二分までにここへ帰り着くのは困難。タクシーを拾えば可能でしたが、そんなことをしたら足がついてしまいますから、乗っていないと見るのが妥当でしょうね」

高柳が無言で頷く。

「仮に電車の時刻表に大きな盲点があったとしても——あるわけないんですが——、それを利用してアリバイを偽造したとは考えられません。地震がくることを事前に予知することができなかったからです」これは火村に指摘されたことだが。「しかし、地震が起きた後で、『これを利用してやれ』と思いついたのかもしれない」

「地震を利用……ですか」

私は、高柳に向かって語る。

「そうです。現場から戻ってきた彼女は、家が半壊しているのを見て、こう考えた。『ずっと家にいて被災したことにしよう。地震で家が壊れ、閉じ込められたことにすればアリバイができる』と。帰ってきた時、向かいのご主人の姿はなかったんでしょう。あるいは、彼が家に引っ込むのを待ったのかもしれません。人の目がないタイミングを見計らって地下室に下り、無事だったドアを内側から壊して自らを幽閉した。そして、アリバイが成立しそうなだけ時間を費やしてから、助けを求めた——というのはいかがですか？」

『いかがですか？』と言われても……」彼女は困った顔をする。「有栖川さんに一つお訊きしてもいいですか？」

「何なりと」

「ここのドアを内側から壊して開かないようにすることは可能でしょうか？　その方法が判らないんですけれど」

「ですから、それを考えようとしていたんです」

「は？」

呆れられた。しかし、私は進んで口を割ったわけではなく、火村に促されて未完成の推理をお聞かせしたまでだ。

「……そうですか。じゃあ、全治二週間の怪我は、自分で簞笥に体当たりしてこしらえたんですか？」

「思い切ってやったのかもしれませんね。ここに帰る途中、何かで頭をぶつけて負傷していたとも考えられます」重ねて訊いた。「いかがですか？」

「すごい、さすがは推理作家——が率直な感想です」

それは褒め言葉と受け取っていいのだろうか？　得意になりかけたが、それにしては彼女のまなざしに私への敬意が窺えない。

「残念ながら、私はふだん推理小説を読みませんけれど、テレビのドラマで観ることはあって、アリバイ崩しや密室トリックという言葉ぐらいは知っています。有栖川さんはアリバイが崩せそうにないから、密室トリックに挑もうとしているんですね？　大胆な発想で驚きました」

そういうことになるのか。

「アリバイの謎が密室の謎に横滑りしたわけだ」火村が言う。「お前が望むならチャレンジしてみろよ。俺には難易度が上がるように思えるけどな」

高柳は密室トリックという言葉を使ったが、そうだとしたらとても変則的なトリックだ。犯行現場の内側にいながら、その部屋を外側から封鎖してしまうのだから。しかも、鍵や閂《かんぬき》を掛けるのなら糸やピンによる小細工も考えられるが、本件の場合はドアの枠が変形するほどの強い力を加えなくてはならない。そんな方法があるだろうか？

火村と高柳は、明らかに懐疑的だった。

「無理だろう。使えそうな道具はどこにも見当らない」

「かなりの冒険だと思います。もしうまく自分を閉じ込められたとしても、助けを求める声が誰にも届かなかったら、怪我をしたままここで力尽きてしまいかねません」

二人掛かりで追及され、立往生してしまう。難しいのは承知しながらも、私は汐野犯人説に未練が残った。

「昨日の捜査会議で、私は『刑事の直感』なんて口幅ったいことを言ってしまいました。有栖川さんは、推理作家の直感でおっしゃっているんですか？」

「高柳さんのように、矜持《きょうじ》とともに発言したわけではありませんけど、まぁ直感かな。あの人が棄てがたいんです」

「そうですか。さっきまた汐野さんと話して、私はよけいシロの心証を抱きました。好きな男性を殺した後、凝ったアリバイ工作をするようには見えないんです。逆らうようで申し訳ありません」

「謝っていただかなくても結構ですよ。私こそ素人考えを並べているだけです。ただ、凝ったアリバイ工作については、こうも考えられます。汐野は何の小細工も考えてはいなかったけれど、突然の地震がアリバイ工作に利用できてしまったため、その砦《とりで》に立てこもることにした」

予期せずもらったプレゼントのうれしさは一入《ひとしお》、という理屈だ。高柳はある程度の理解は示してくれたが、肝心の変則的密室トリックの見当がつかないのだから、これ以上は議論にならない。見るべきものもなかったので撤収することにした。

ご隠居とともにドアを蹴破った半田という青年の家に寄り、その時の模様――ご隠居が語ったままだった――を聞いてから車に乗り込んだ。

9

私たちは、現場となった設楽邸に向かった。遺体の第一発見者である日下部亮太がきているはず、と高柳に聞いたからだ。故人の友人として、通夜や葬儀の打ち合せをするのだそうだ。加藤の遺体は、昨日の夜になって設楽夫妻の元に帰っている。

母屋を訪ねると、長身の設楽明成がぬっと現われ、「今日は何でしょう？」と低い声で訊く。威圧感があった。

「日下部君の話が聞きたい？　ああ、かまいませんよ。どうぞ」

昨日と同じく、ただっ広い応接室に通される。明成が淹《い》れてくれた温かい日本茶を啜っていると、ほどなく短髪を立てた男が入ってきた。ひどく痩《や》せていて、栄養が足りているのか心配したくなるが、目には若々しい光があった。紺のジャケットに黒のTシャツ、焦茶色のスラックス。できるだけ地味なものを身につけたらこうなりました、という出で立ちだ。

「日下部です。警察の方が話を聞きにいらしてるから、と設楽さんに言われてきました。

――座ってもいいですか？」

断わってから革張りのソファの向こう側に着席した。警察に事情聴取されるのにも慣れたのか、緊張しているふうではない。ただ、女性刑事の顔が眩しいようで、視線は落とし気味だった。

「設楽さんはきません。自分が同席していない方が僕もしゃべりやすいし、刑事さんも具合がいいだろう、と」

「ご配慮いただき、ありがとうございます。私は捜査一課の高柳と申します。こちらは捜査にご協力いただいている英都大学の火村准教授と有栖川さん」

「知っています」日下部は、火村と私を上目遣いに見る。「火村先生と有栖川さんのことは、奥様に聞いていますから。昔から警察の犯罪捜査を手伝っているんですよね？」

二年前の事件のことを、彼女は日下部にも話していたのだ。私たちについてどうコメントしていたのか興味があるが、そんな詮索をしている時ではない。と思ったのだが、日下部の方が話したがった。

「奥様は、怖い人だと言っていました。火村先生のことを」

「私が？　それはどんな皮肉でしょう。恐ろしげな人間に見えますか？」

日下部は「さあ」と曖昧に笑う。

「初対面では判りません。奥様が怖いと言ったのは、怖いほど頭が切れる人という意味だと思います。そんな人に二度もお世話になるなんて、あの人も運がいいんだか悪いんだか。犯罪に縁がなければ、先生とお会いしませんからね」

「おっしゃるとおり。私なんかと会わないのがいいんです」

はっとして、高柳が横目で准教授を見る。それを見逃さなかったのは、私も彼に視線を投げたからだ。火村の声は妙に重く、苦かった。

「あ、僕は先生に嫌みを言ったつもりはないんです」慌てる日下部。「気分を害しましたか？　すみません」

「いいえ、私の言い方こそ嫌みだったかもしれない。――本題に入りましょうか。まず、あなたと加藤さんの間柄について」

「どっちも奥様の――妃沙子さんの取り巻きだったんです。親衛隊という表現もありましたが……。どういう関係か、ご存じですね？」

「ええ。妃沙子さんの周辺に、若い男性が仲よく集っていたことは知っています。経済的に余裕があった彼女は、寄る辺ない青年の面倒を見てあげるのが好きだった。――あなたと加藤さんは、いつ頃知り合ったんですか？」

「三年前の春です」

「彼は、三年前に半年間ほど妃沙子さんのそばにいたと聞いています。しかし、あなたは四年前に彼女の元から出ていったんじゃないんですか？」

「予備知識はお持ちなんですね。——ええ、そうです。広島の実家から妹が重病だって電話がかかってきたので、心配して帰りました。そしたら、それは親父の嘘で、『お前を呼び戻すための方便じゃ』と言う。仕方がないので、しばらく家業の酒屋を手伝いましたが、面白くないのでまた家を出て、妃沙子さんのところに転がり込みました。三カ月ほどお世話になったかな」

それが三年前の春というわけだ。

「当時、妃沙子さんのマンションにはいつも誰かがいました。毎日がホームパーティみたいで、風来坊が何人も入り浸っていた。そこへある日、廉がやってきたんですよ。妃沙子さんは『新入りよ。お友だちになってあげてね』と言いました。銀行の前で、空腹のあまりへたり込んでいたそうで」無銭旅行の最中だったらしい。「それで妃沙子さんは声をかけ、部屋まで連れてきた。野良猫を拾うみたいですが、いつものことです。僕自身も似たような感じでした」

「あなたと加藤さんは親密だったんですか？」

「短い間ですが、馬が合ったのでつるんで遊び回ったりしました。けれど、知り合って二カ月ほどした頃、今度は実家から親父が倒れたという電話があったもんだから、また向こうへ。軽い脳卒中でした。大事には至らなかったものの、お袋や妹が心細そうだったから、酒屋を継ぐつもりで真面目に働いていたんですけど、どうも家は気詰まりで……」

我慢ができずに出奔。三度《みたび》大阪に出てきて、短期アルバイトを渡り歩いていたが、ある時仕事が途切れてしまう。困った彼は、妃沙子に連絡を取ろうとしたが、彼女はマンションを引き払っていた。昔の仲間と連絡を断っていた彼は、二年前に妃沙子の身辺で大きな事件が起きたことも、親衛隊が解散したことも知らなかったのだ。

「甘え癖がついていたんですね、僕。いや、今もそれは同じか。昔の仲間の一人が吹田でバイクショップをやっているのを知っていたので、頼って行ってみました。『力になってやれんな』と言われてしまいましたが、『廉が大阪に戻ってるらしい。いっぺん梅田で見かけた』と聞いて、藁《わら》にもすがる思いで携帯に電話してみたら――」

ちゃんと通じて、アルバイトを紹介してくれた。それだけでなく、彼のそばに妃沙子がいることを知って大いに驚いたという。

「妃沙子さんが結婚していたなんて、思ってもみませんでした。しかも旦那さんが年上の男性だったので、二度びっくりです。あの人のことだから、結婚するとしたら十歳以上は若い男にすると思っていました」

「旧友の紹介で仕事を見つけられたことと、妃沙子さんに再会できたこと。よりうれしかったのは、どちらですか？」

「何よりも仕事です。妃沙子さんと会えたことにも喜びましたが、あの人はお金をなくしたし、結婚もして、昔みたいに自由な生活はできなくなっていましたからね。廉とまた会えたのもうれしかったけれど、お互いに忙しくて、たまに呑みにいくぐらいの付き合いでした」

「現在はどんなお仕事を？」

「僕ですか？　設楽さんのビルに入居しているレストランでフロア係をしています」

「その仕事に満足していますか？」

「もちろん。友だちもできましたし。――あっ」にわかに表情を硬くする。「その質問の意図は、もしかして……。廉に紹介してもらった仕事に不満があって、僕が恨んでいたとお考えなんじゃありませんか？　だったら誤解ですよ。そんなことは決してありません。やっぱり火村先生は怖い人ですね」

「想像をたくましくして、勝手に怯《おび》えないでください。そんなつもりで訊いたんではありません。――事件当日、あなたが使った車は職場の友人から借りたものですか？」

「はい、そのおかげで能勢に急行できたんです」

「そうですね」高柳は膝を揃える。「事件当日のことを伺います。地震があった時、あなたは――」

促されて、日下部は遺体発見までの経緯を語る。何度も話しているせいか、口調は滑らかで支《つか》えることもなく、機械的な説明になりかけていた。内容は既知のことばかりで、これだけでは面会した甲斐がない。退屈ですらあった。

「いくつか質問を」

火村は、ルーズに締めたネクタイの結び目をいじり、さらに緩《ゆる》めた。よくあることだが、初めて見た高柳は怪訝そうにしている。

「何でもお訊きください」と身構える日下部。

「ガラスが割れた窓から離れを覗いたあなたは、人が倒れているのを見た。しかし、腰痛を恐れて中には入らなかった」

「はい」

「入ろうともしなかったんですね？」

「そうです。首を伸ばして見ただけで」

「窓から入ろうとした救急隊員は、もたついた」

「段ボールに足をのせて、よろけたみたいですよ。無理しなくてよかった、と思いました」

「その時の様子をもっと詳しく」

日下部は目を閉じる。記憶を手繰り、正確を期そうと努めているのだろう。

「段ボールの足場が不安定だったんですよ。『危ないな』と言って、箱をどけていました」

「どけていた。箱を床に投げ下ろしたんですか？」

「ああ、そうです。乱暴に投げたわけではなく、そっと落としたみたいです。隊員の方の背中越しに見ただけですけれど。それなりの重量があったらしくて、どすんと音がしました」

「箱をのけて、整理棚を足場にして中に入っていった——」

「はい。隊員が部屋に入った後、窓から覗いた際、整理棚の天板に足跡がついていたのを覚えています」

「なるほど」


これは後日に高柳から聞いたことだ。

彼女は言った。

日下部の答えに「なるほど」と頷いてから、火村は微かに笑った、と。その時の彼を私も見ていたのだが、笑ったようには見えなかった。しかし、彼女は「笑いました」と言い切る。

「いえ、有栖川さんの言うとおり、先生は笑ってなかったのかもしれません。けれど、顔の筋肉がほんの少し動いたんです。何か感情の変化があったことだけは間違いありません。私には、ハンターが獲物を照準に捉えた瞬間の表情に見えました」

本当ならば素晴らしい観察眼だ。真偽のほどが気になったが、火村本人に質しても答えようがないだろう。

こんなことも。

「火村先生は、どうしてネクタイをちゃんと締めないんですか？」

「ただのだらしない癖でしょう」

「頸《くび》を締めつけられるのがお嫌いなんですね」

「ネクタイを鬱陶しく思うことは、誰にもありますよ。会社員時代、私も帰り道ではずしたりしました」

「そうかもしれませんけれど……。先生には何か犯罪に絡む強迫観念があって、それに起因しているのかな、と想像してしまいました」

考えたこともなかった。

そうなのだろうか？

遺体発見時の様子に関する質問はそれだけだった。

「汐野亜美という女性をご存じですか？」

「汐野、亜美。そんな名前でしたね。ええ、廉から聞いています。つきまとわれて、迷惑していると」

「彼女からのメールを見たことはありますか？」

「見てはいませんが、そんなことがあって廉が携帯を替えたのは知っています。待ち伏せされたりメールを送られたりするぐらいなのに、『最近はおかしな事件が多いから』と気味悪がっていましたね。まさか、その女が廉を殺したんじゃないですよね？」

「彼女からも事情を聞いているところです。日下部さんは、『まさか』と思うんですね？」

戸惑っている。

「その人には会ったこともないので、何とも言えません。しかし、どうなんでしょう。振られたからって、好きな相手を殺すかな。あまりにも愚かで無意味でしょ。僕なら絶対にしません」

愚かで無意味ではあるが、古今東西、そんな惨劇は尽きない。

「加藤さんの気持ちは、完全に汐野さんから離れていたようです。それについて、彼女は思い当たる原因がないらしい。あなたは加藤さんから何か聞いていませんか？」

「何も」

答えてから、考え込む。何か思い出したのか。火村は重ねて訊く。

「推測でもかまいません。何故、加藤さんは心変わりしたんでしょう？」

「推測どころか、妄想かもしれませんけれど……」ためらっている。「もしかしたら、他の女性が忘れられなかったのかもしれません」

「昔の恋人ですか？」

私には、ぼんやりと見当がついた。火村も察していながら訊いているのだろう。

「いや、そんなんじゃなくて、その、はっきり言うと、妃沙子さんです」

彼は、ちらりと背後のドアを振り返った。明成の耳に入れたくないのだろう。

「言っておきますが、これはあくまでも僕の推測であって、廉にそう聞いたわけではありませんよ。あいつは、そんなことはおくびにも出さなかった。出せるわけがありません。今ではボスの奥方なんだから。おまけにここのボスは愛妻家だ」

「夫婦仲がいいんですね？」

「僕の目から見てもいいと思うし、周りの人もそう言っていますよ。設楽さんを昔からよく知っているテナントのオヤジさんなんか、『札ビラ切って、女を取っかえ引っかえしていた〈女誑《たら》しのシタラ〉が、ようやく落ち着いた』と笑っていましたもん。だから、ますます廉が出る幕はありません」

「おくびにも出さなかったのに、あなたは加藤さんの気持ちを忖度《そんたく》している。秘すれど色に出ていたわけでしょう」

日下部は観念したように、胸の内にあったものを吐き出す。

「廉と呑んでいて、『お前、将来どうするつもりだ？』と尋ねたことがあります。自分の未来が見えないのに、それを棚上げして訊いてみたんです。すると、『いつまでもこのままでいい』なんて答えたんですよ。『夢なんてない。妃沙子さんのそばにいてられるから、このままでいい』ですから、さすがに呆れました。あいつ、妃沙子さんに惚れてたんです。取り巻き時代、そう公言していました。同じような奴が他にもいましたけれどね。その想いは、ずっと変わっていなかったんでしょう」

火村は、わずかに膝を乗り出した。

「興味深い話です。しかし、彼は『もっと広い世間を見てきます』と言って、自分から巣立っていったんでしょう？　その時は、妃沙子さんにしがみついていない。態度が違うな」

「そのことなら、あいつから聞いたことがあります。妃沙子さんのそばにいたい気持ちはやまやまだったけれど、『今の自分にはあの人を幸せにする能力がない。もっと大きくなって帰ってくる』という心境だったみたいです。『お前は鮭か。で、どれだけ大きくなった？』とからかったら、頭を叩かれてしまった。呑みながらの話です」

気負って旅に出たわけだ。彼もまた、二年半前の事件を知らずに過ごしたのだろう。大阪に舞い戻ってきたはいいが、妃沙子を見失って、しばし茫然《ぼうぜん》としただろう。街中で再会できたのは僥倖《ぎょうこう》だ。

いや、確かめる術はないが、そうではなかったのかも。妃沙子を捜して捜してようやく見つけたのに、偶然を装って出会ったとも考えられる。その方が劇的だからだ。若い男の浅知恵として、ありそうではないか。

それにしては腑に落ちない点がある。火村も同じだったらしい。

「そんなにも一途《いちず》な加藤さんが、二カ月ほどとはいえ、汐野さんと親密に交際したのはどういうことでしょうね。行動に一貫性を欠く」

「だから別れたじゃないですか」

即答だ。日下部に言わせれば、何の矛盾もなかった。

「汐野という女性と交際して、妃沙子さんへの気持ちを断ち切ろうとしたけれど、逆にそれを確認する結果になったのかもしれません。汐野さんって人は、かわいそうだ」

〈誰かと比べて棄てられたんかな〉という彼女の言葉が甦る。拗《す》ねているだけかと思ったが、正鵠《せいこく》を射ていたのかもしれない。比べられた相手が設楽妃沙子だとは、よもや想像していないとしても。

火村は、人差し指で唇をなぞる。

「傾聴に値するご意見ですね。妃沙子さんの方は、彼にどんな感情を持っていたんでしょう

か？」

「そんなこと知りません。ご本人に訊いてみてください。多分、よく懐いた可愛い親衛隊の

一員でしかなかったと思いますよ」

現在の妃沙子しか知らない高柳には、彼らの結びつきが理解しづらいのだろう。だから、

単刀直入に訊く。

「妃沙子さんと彼女に侍った男性たちは、肉体関係を伴う恋愛感情でつながっていたんです

か？　加藤さんの場合はどうだったんでしょう？」

「警察の人は、それが気になるみたいですね。他の刑事さんは、もっと遠回しに訊いてきま

したけれど」

高柳は「明け透けで、すみません」

「いいんです。――仲間内で皆無だったとは言わない。中には妃沙子さんと寝た奴もいたで

しょう。あわよくばと期待していた奴もいたでしょう。そのせいで、親衛隊の内部にはいつもむず痒《がゆ》い雰囲気が漂っていました。それもまた楽しかった。馬鹿みたいに聞こえるでしょうけれどね。加藤の場合はどうだったか？　判りません。一度ぐらいあったかもしれませんね」

「あなたは？」

「なかった。誓ってありません。これからもないし、それを残念にも思わない」

撥ねつけるような口調だった。高柳は「そうですか」と言ったが、そのまま引き下がりはしない。

「もう一つお尋ねします。あなたは以前の事情聴取で、加藤さんとちょっとした諍いをしたこともある、とお話しになっています。どんな種類の諍いだったんですか？」

「そんなことを口走ったのも、僕が無実だからですよ。犯人だったら、『ずっと仲よしで喧嘩をしたこともありません』と言うはずだもの。――さっきお話ししたことに関連します。あいつが『いつまでもこのままでいい』と言うのを聞いて、つい笑ったんです。それがいたく気に入らなかったらしい。『誰のおかげで今の仕事に就けたんだ』と恩着せがましく言うので、こっちもむっとして……。ささいな口論です。まさかそんなことで疑われたりしませんよね？　事件があった時間、僕にはアリバイがある。確認してもらえましたか？」

「はい。地震のすぐ後、日下部さんが車で出掛けるところを目撃した方がいます」

「だったらセーフ。あの日、車でここまでどれだけかかったことか。警察の方なら、よくご存じですよね。ちなみに僕、自家用ヘリは持っていませんから」

日下部は、調子に乗ってきた。アリバイを認められて安堵したせいだろう。

「お話しできることは、これだけです。汐野という女性のことは小耳に挟んだだけで、他に彼と揉めていた人間は知らない。あまりお役に立てなくてすみませんね」

高柳は、まだ打ち切らせない。四年前の過去に遡《さかのぼ》って、加藤に恨みを持っていそうな人間はいないかと尋ねた。

「廉の周辺でトラブルはありません。あいつは悪ぶることもあったけど、仲間内で人気がある方でしたよ。僕の話だけでは信用できないのなら、当時を知っている他の奴に訊いてみてください」たとえば吹田のバイクショップの男か。「揉め事を探すんだったら、あいつが妃沙子さんのところを出て、日本中を放浪していた頃のことを調べるのがいいと思いますね。『やばい連中とも付き合った』なんて武勇談めかして話していましたから。どこをどうほっつき歩いていたのか？　僕もよく聞いていません。『北海道でも暮らした、東京と千葉にもいた、四国にも九州にもいた』という具合でした」

それ自体、どこまで本当だか。放浪の軌跡については、設楽夫妻に訊いても詳《つまび》らかにならないかもしれない。加藤の跡をトレースするのは骨が折れそうだ。

「睡眠薬入りワインの話が出ませんね。捜査上の秘密事項なのかな。隠さなくても、設楽さんから聞きましたよ。あれは廉が送ったんだって」

日下部は腕組みをした。まるで自分が優位に立っているかのように。火村が応じる。

「隠していたわけじゃない。あなたのご意見を伺うつもりでしたよ。彼はどうしてそんな真似をしたのか、何かお考えは？」

「ありません。この事件で最大のミステリーです」

「同感ですね。解決の鍵は、被害者が握っている」

「設楽さんを眠らせておいて、離れに忍び込もうとしていたみたいだけど、そんなことをする理由が思いつかないなぁ。あそこには、何か大事なものがあったんですか？」

「いいえ。それらしいものは、およそ見当らない。ものを盗りに入ろうとしたのではないかもしれない」

「だったら、どうして……。うーん、やっぱり謎ですね」

「日下部さん」火村は、あらたまって訊く。「最近の加藤さんに、何か変わった点はありませんでしたか？　汐野さんのこと以外で思い悩んでいたり、深刻な問題を抱えているような気配は？」

「このところ会う機会が少なかったので」

質問が尽きてきた。会見が終わるのを見計らっていたかのように、妃沙子がドアを叩いた。

「そんなに絶妙のタイミングでしたか。誤解しないで。盗聴していたわけではありませんよ」

10

リビングのソファに掛けた私たちは、車椅子の奥様に紅茶をふるまわれる。ウェッジウッドの小皿にクッキーが添えてあった。

「主人は階下《した》であちこちに電話をしています。あと十分は上がってこないでしょう。私だけに訊きたいことがあれば、今のうちにどうぞ」

よく気が利くこと。それでは、とばかりに高柳が質問を投げた。彼女と加藤との関係について。

「これまでお話ししてきたとおりで、それ以上の深いつながりはありません。若い人が私の部屋を溜り場にしていただけ。エネルギーを解き放つ機会をまだ得られず、鬱々としていた彼らに交流と寛ぎの場所を提供することに、喜びを感じていました。男の子たちを掌の上で転がしたり、食べ散らかすのが趣味だったと思われているのかもしれませんが」

「いえ、そんなことは——」

及び腰になる高柳を、妃沙子はまっすぐ見据える。

「若い男で淋しさを紛らわしてきた哀しい女。そう思っていませんか？　刑事さんの目は、そう言っているみたい」

心外だったらしい。高柳は胸を張り、毅然と反論した。

「そのような感想は持っていません。私がこんな不景気な顔をしているから、そう受け取られたんでしょう。十代の頃から、よくクラスメイトから『陰気な顔をしている』と言われました。暗い顔がますます暗くなるから、髪を伸ばせません。前髪も切りたいんですが、そうするとおでこが目立つので」

「不景気でも陰気でもないけれど、陽気なお顔立ちでもありませんね」妃沙子は視線を逸らさない。「ちょっと儚げ。そういうお顔が好みの男性は少なくありませんよ。有栖川さんなんか、そうでしょう？」

いきなり弾が飛んできた。

「え？　まぁ。そんなことは、どうでもいいと思います」

妃沙子は、両手でカップを口に運ぶ。

「私も刑事さんと同じ。明るくはない顔です。人生の重さに耐えているみたいでしょう」そこまでは言わないが。「刑事さんは違う。若さゆえの悩みが影を落としているように見えます。もう三十一？　お若いわ。ひょいと振り向けば、まだ高校生の自分が立っているでしょう。――指輪をしていないのは、お仕事柄ですか？」

高柳は、反射的に自分の左手薬指に目をやる。

「まだ独身です。警察官がみんな早婚なわけではありません」

妃沙子は、わずかに反り身になって刑事を見た。絵画を鑑賞するかのように。

「私は多情な男好きではなく、女が嫌いだったんです。自分がいかにも女臭いからかしら。男の子たちの『それがいいんですよ。そうでいてください』という眼差しを受け止めた時だけ、自分を解放できた。でも、刑事さんのように素敵な女性と女の園を作れたら、それも楽しかったかもしれませんね」

妃沙子は、虚空へとまなざしを馳せる。青年たちに囲まれ、彼らがおしゃべりに興じたり、おどけて笑ったり、酔って歌ったりしてさざめく光景を懐かしく思い出しているのか、あったかもしれない女の園を空想しているのか、いずれだろう？　高柳は、その横顔を眺めて首を傾げた。

「どうして男ばかり、女ばかりを集めたがるんですか？」

「分析できませんが、精神のどこかに歪みがあるんでしょう。でも、それももう解消しました。設楽と会って、変わったんです。今では、彼と夫婦であることの幸せを噛み締めています。——独身の方三人を前に、ぬけぬけと惚気て失礼しました。そろそろ設楽がきそうです。デリケートなご質問はお早く」

高柳は調子が狂わされたようだったので、火村が引き受ける。加藤から言い寄られたことはないか、という直截《ちょくせつ》な問いだった。これを妃沙子はあっさり受け流す。

「ありません。ですから、そういう関係ではなかったんです」

「判っています。彼から一方的に想いをぶつけられたことがあるか否かを伺っているんです」

再び「ありません」。勢いよくカーテンを引くような口調だった。

「お尋ねの意図が不明です。そんなことが捜査に関係するんでしょうか？」

高柳がとりなす。

「加藤さんと汐野さんが破局した理由が知りたいからです。もしかしたら、奥様が承知しないまま汐野さんの恋敵《こいがたき》になっていたのではないか、と考えてお訊きするんです」

「私が承知しないままならば、答えられるはずもありませんね」

それも理屈だ。切り返された高柳は、いささかバツが悪そうだった。

「内密の質疑応答はここまでね」

妃沙子は、肩越しにドアを見た。スリッパの足音が近づいてきたからだ。明成が入ってくる。

「捜査は進んでいるんですか？　できれば、初七日には霊前に犯人逮捕を報告してやりたいんですが」

せっかちなようだが、火村によると的確な問いかけらしい。

「そのためには、今日ぐらいが分かれ目ですね。殺人事件の捜査というのは、たいてい発生して三日目ぐらいで目鼻がつくものです。その時点で方向すら見出せなければ、迷宮入りの公算が大きくなります。一週間たって足踏みしていたら、かなりまずい」

「そういうものなんですか？」

犯罪学者の言を疑ったのか、明成は高柳に質す。

「はい、先生がおっしゃるような傾向があります。ですが、もちろん事件発生から何カ月も何年もたってから捜査が大きく進展するケースもあります」

「やはり、最初が肝心なわけですか。ならば、ここらが正念場だ。しっかりお願いしますよ。

――日下部君からは、何か得られましたか？」

火村が「参考になりました」と答える。

「たとえば、どんなことでしょう？　差し障りがなければ伺いたいものです」

准教授は掌をすっと差し出し、高柳に話を譲った。刑事は、仕入れた情報をかい摘んで明かしてから――加藤が妃沙子に寄せていたかもしれない感情については伏せた――、明成に問い返す。

「加藤さんは、放浪していた頃どこかでトラブルに巻き込まれた、といった話はしなかったでしょうか？」

「聞いていませんが――どうだい？」

妻に顔を向ける。

「いいえ。めくるめく冒険をしてきたようなことを言っていたけれど、ただのポーズでしょう。どんなふうに波瀾万丈だったのか、はっきり話したことがありませんもの」

夫は頷き、「だろうな。敵を作って、大阪に逃げ戻ってきたようでもなかった。やはり、あの女ストーカーが怪しい。所在はまだ摑めないんですか？」

「突き止めました。被災して、入院中だったんです」

夫妻は衝撃を受けたようだ。妃沙子は言葉を失ってしまったので、明成が尋ねる。

「ほぉ。しかし、地震の前に犯行はすんでいたかもしれませんよ。アリバイはどうなっているんです？」

「犯行は難しかった模様です。さらに精査しますが」

「徹底的にお調べください。容疑者の筆頭ですよ。アリバイが成立したりしたら……ストーカーのしわざでなかったなら……どうなる？　彼が殺された理由が、私には皆目判りません。かといって、強盗と鉢合わせになって撃たれたとも考えにくい」

この事件が書きかけの小説で、結末をつけなくてはならないとしたら、どうにでもなる。第一案、犯人は設楽明成。子飼いの加藤が妻によからぬ想いを抱いたので成敗した。まさかね。第二案、犯人は設楽妃沙子。不都合な過去を知られていて不安だったので口封じに始末した。立てない彼女がどうやって？　第三案、犯人は日下部亮太。第二案で仮定した妃沙子の不都合な過去を守るために加藤を殺《あや》めた。しかし、加藤が女神にダメージを与えようとするとも思えないし、日下部にはアリバイがあるらしい。となると第四案として、犯人は汐野亜美。動機の面では納得がいくが、彼女の前にもアリバイの壁が聳えている。やれやれ。

助手もどきにはお手上げだが、これだけは言える。夫妻に睡眠薬入りワインを送りつけたことから、加藤が何事かを企んでいたのは疑いない。おそらくは、よからぬことだろう。それが彼自身に銃弾となって跳ね返ったのだ。ただ、そのよからぬことは謎の霧に包まれたままで、なかなか見えてこない。

「どんな結末を迎えるのか知りませんが、嫌な話を聞かされそうで、今から気が滅入ります」

明成は、チョコレート色に染めた頭髪をゆっくりと掻きむしる。夫の苛立ちを鎮《しず》めるように、妃沙子がその広い背中をさすった。

高柳と火村による質問がさらに続いたが、「判らない」「知りません」という答えばかりが返る。これ以上は時間の浪費に思えてきたところで、刑事が頭を下げた。

「ありがとうございます。お取り込みのところ、お手間を取らせました」

腰を上げて退室しようとしたら、火村は西の窓へと歩いていく。昨日もそこから犯行現場を見下ろしたのに、またどうして？　そう思っていたら、くるりと振り向いて夫妻に言った。

「離れのガラスが割れた方の窓が見たいんですが」

夫が答える。

「この部屋からは死角になっています。奥の廊下の窓からご覧になれますよ」

「案内していただけますか」

「どうぞ」と導かれる。わけが判らないまま、高柳と私も続いた。リビングの奥には、横に廊下が走っている。それに面して三つ並んだ部屋は、向かって右から夫妻の寝室、妃沙子の個室、客間とのこと。

廊下の両端にはサッシ窓があった。火村は「あれですね」と西向きの窓に寄る。彼の後ろに立つと、確かに割れた窓が見えた。

「二階から現場を見たら、何が判るっていうんや？」

夫妻に聞こえないよう小声で尋ねてみたが、返事がない。准教授は、指で唇をなぞるばかりだ。仕方がないから、私は彼の視線の先を追った。どう見ても五メートルほど斜め下の窓に注がれている。割れたガラスを通り過ぎて、さらに視線を延長すれば、コンクリートが剥き出しの壁に当たる。明かりが点いていない室内は薄暗く、弾丸の跳ね返った瑕はここからは見えない。見えないが、真正面にあるはず。

私は子供のように右手で拳銃の形を作り、窓に向けてみた。この窓から発砲すれば、ちょうど壁の瑕のあたりへ着弾するだろう。しかし——

「ここから撃っても、被害者に命中するわけないわな」

呟きに、火村が応える。

「ああ。もちろん当たらない」

「被害者は、もう一つの窓の下に倒れてたからな。ガラスが割れてるのは、こっちの窓。撃たれたのは、リビングから見える窓のそば。ここから撃った弾が、離れの中にあった何かに跳ね返って、それが被害者を倒したということも——」

「あり得ない」

「弾を跳ね返すようなもの、なかったからな」

「思い出せ。被害者は至近距離から撃たれていた」

そうだった。犯人は、離れの中で加藤廉を撃ったことは間違いない。ならば何故、火村はここから現場を観察したがったのか？　理解できないでいるうちに、彼は窓辺を離れた。

「もう、いいんですか？」と訊く明成に、短く礼を言って、設楽邸での用はすんだ。

車に戻りながら、高柳が言う。

「次はどこに行きますか？　日下部さんが話したバイクショップの元仲間ならば、所在を知っています。私、今日は一日、火村先生について動くように言われています」

「警部の指示ですか？　だったら付き合っていただきましょう。まずは加藤廉の死を確認した救急隊員に会いたい。バイクショップは吹田だから、その後で」

運転席に着き、シートベルトをする火村に、刑事は尋ねた。

「先生は、探していた答えを見つけたんですね？　そんな感じがします」

「どうかな」と、はぐらかす。

「犯人を突き止めたら、先生はいつも警部に報告なさるんですか？　そのあたりの段取りを聞いていないんですけれど」

「船曳さんにお伝えする場合がほとんどですね。場合によっては、そうならないこともありますが」

「たとえば、どんな場合でしょう？　先生が犯人に出頭を勧めるケースもある、とみんな話していました。物的証拠が揃っていなくても、先生にかかると落ちるんだそうですね。おいおい、そのあたりの呼吸も教えていただければと思っています」

「落としの名人は、鮫山警部補ですよ。茅野さんも凄腕らしい。私なんかに学ばなくても、身近にいいお手本があります」

後部座席から、私が割り込む。

「コマチさん、説明しますよ。火村の追及にあった犯人がじたばた反論しないのは、彼のキャラクターに負っています。彼らは『ああ、罪を認めれば、もうこの男と会わなくてよくなるのか』と思うと憑《つ》き物が落ちたようになって、警察に出頭するんでしょう」

「一理ある」

鹿爪らしく応えて、火村は車を出した。

これも後日に知ったこと。

地震の前後に、設楽邸で起きた事件の全容を摑んだ火村は、それを誰に告げるべきか、丸一日迷ったという。

「ここだけの話にしておいてくれ。俺が解決を一日遅らせたわけだ」

私が知る限り、そんなことはこれまで一度もなかった。

11

残酷な揺り籠が大きく振れてから、四日がたった。体に感じる余震も治まり、人々が落ち着きを取り戻した十二月五日。

火村とともに設楽邸を訪ねた。アポイントメントを取っていたので、チャイムを鳴らすと、インターホンで応えることもなくドアが開き、妃沙子に迎えられる。私たちの背後を覗いて、彼女は言った。

「警察の方がご一緒ではないんですね」

「私たち二人だけです」

「何となくそんな気がしていましたよ、火村先生。——二階にお上がりください」

私たちを中に通すと、彼女はエレベーターに乗り込んだ。物憂い機械音が、しんと静まり返った邸内に響く。

前回と同じようにソファに掛けると、同じように妃沙子が紅茶を出してくれた。「どうぞ」と勧めて、まず自分が口をつける。

「殺人事件の捜査は、発生から三日目ぐらいが分かれ目だとおっしゃいましたね。解決するなら、もう道筋が見えていなくてはなりませんが」

「見えています」

「なら、よかった」

カップを置くと、受け皿がカチャリと鳴る。彼女は、両手を膝の上で揃えた。

「今日は、事件の真相を話すためにいらしてくださったんですね。ありがとうございます。——でも、よいお話ではなさそう。有栖川さんがもうつらそうなお顔をなさっているし、主人がいない時間を指定してお見えになるんですもの」

彼がこれから語ろうとしているのは、ここにくるまでの車中で話してくれた推理だ。ある部分では、私も少しだけ自分の意見を述べた。

「非常に残念です。これ以上悪い話は考えられません。あなたに恨まれるでしょう」

「犯人を捕まえるために尽力した先生を恨む？　それはあり得ません。どんな結末を聞かされても、それが真実ならば私は受け容れます。体はいくらか不自由ですが、心は頑健にできているんです」

「勇気がおありだ。覚悟を伺って、少し安心しました。では、始めましょうか」

「どうぞ。主人は、三時半には帰ってきます」

壁の時計は、二時十分を指していた。事実を伝えるだけなら、時間はたっぷりある。

「この事件で最も不可解な点は、何だと思いますか？」

「いきなり質問ですか。さぁ、とっさに答えが浮かびません」

「現場の窓ガラスが割られていたことですよ。ガラスが割れていなければ、私はまだ迷路をさまよっていた。犯人はミスを犯したことになるのですが……ああするしかなかったんですね？」

「私にお尋ねですか？」

妃沙子は、自分の胸に手をやる。火村は頷き、感情を抑えた声で言い放った。

「はい、そうです。あなたが加藤廉を殺害した。あなただから、ガラスを割らなくてはならなかったんだ」

「とてもではないけれど、『はい、私です』と懺悔《ざんげ》する気にはなれません。ガラスが割れていたからだなんて、たったそれだけのことで何が判るんでしょう、結論だけ投げられても、理解しかねます。順序立ててご説明いただけますか？」

「私をテストなさるんですね。ご希望ならば、もちろんそうします。ただし、あなたが知らないことは何も言いません。すべてご存じのことばかり並べますから、途中からは上の空で聞き流してもらって結構。他のことをじっくりと考えてください」

二人の間で、火花が散った。

「始めて」

妃沙子はソファにもたれ、傲然《ごうぜん》と顎を上げる。虚勢だろう。彼女は火村を〈怖い人〉と評していたのだから。

「誰が加藤廉を殺したのか？　言うまでもなく、あの犯行現場に出入りできた者です。いや、入る際はあまり関係がない。鍵を持っている加藤さんとともに入室したのかもしれないし、先に中にいた彼に招き入れられたのかもしれません。注目すべきは、犯人は現場に施錠してから立ち去っていることです。その際に使われたのは、加藤さんの鍵ではない。それは、絶命した彼のポケットに入ったままでしたからね」

被害者の鍵を使って施錠した後、それを室内に戻す方法はない。だが、妃沙子は話を遮った。

「どうにかして鍵を室内に戻せないかしら？　窓ガラスが割れていたんですから」

「鍵は、上着の内ポケットに収まっていて、ご丁寧にジッパーが閉めてあったんですよ。どうしたらそんな芸当ができると言うんです？　よしんば、特殊な道具を考案し、内視鏡手術よりも高度な技術を駆使すれば可能だったとしても、そこまでして鍵を室内に戻すメリットがありません。現場を密室にすることで加藤さんの死を自殺に偽装したかった、というわけでもないのは明らかです。もしも、そうしたかったのなら、遺体の傍らに拳銃を転がしておいたはずだ。実際には、かなり離れたところに落ちていました」

妃沙子からさらなる反論がないのを確かめてから、火村は続ける。

「現場の鍵は特別のもので、三本しか存在しません。そのうち第一の鍵が被害者のポケットに入ったままだったとすれば、残るは二本。第二の鍵は、汐野亜美さんが加藤さんから預かったか掠《かす》め取ったかしたもので、彼女の占有下にありました。そして第三の鍵は、あの裏に落ちていた」

このリビングに鎮座しているサイドボードの裏。明成がうっかり落として、そのままになっていた。

「第三の鍵は、捜査員によって事件後にサイドボードの裏から回収されています。となると、犯人が使用したのは汐野さんが持っていた第二の鍵ということになりそうですが、これがそうではない。地震で自宅が半壊したため、彼女と第二の鍵は地下室に閉じこめられていたからです。――おや、犯人が持つ鍵がなくなってしまった。間違ったらしい。どこまで引き返せばいいでしょう？」

「持って回った言い方だこと」

不満げな妃沙子に、火村はかまわない。

「第一の鍵を離れの外から遺体のポケットにしまったり、第二の鍵を持って半壊した家の地下室から脱出することは、とても難しい。しかし、第三の鍵ならば何とかできそうではありませんか。サイドボードの裏に落ちただけなんですから。明成さんがそれを拾わなかったのは、単に力仕事が億劫《おっくう》だったからにすぎません」

「私が犯人だと名指しされたはずなのに、いつの間にか主人が犯人にされている。お考えが変わったんですか？」

「早とちりしないでください。明成さんが犯人だとは言っていませんよ。加藤さんを殺害した後、犯人が現場の施錠に使ったのは第三の鍵だ、と指摘しているにすぎない」

「でも、それを回収できたのは主人しかいないわ」

「そんなことはありません。鍵の在処《ありか》を知っているあなたが、誰かに頼んで拾わせることもできた。明成さんが留守にしている時、加藤さんに命じればすむ。事件の前に、第三の鍵はあなたの手中にあったんです」

「おお、死人に口なし。加藤がいたら、『いいえ、そんなことはしていません』と否定してくれるのに。でも、残念なのは先生にしても同じですよ。『はい、そうしました』という返事ももらえないんですから、おあいこ」

「ええ、あなたが加藤さんに拾わせた、と断定する根拠はない。やればできた、というに止まります。明成さんがこっそりと力仕事をしたのかもしれないし、彼が誰かに命じて拾わせた可能性だって考えられる。明白なのは、いずれにしても第三の鍵の回収は、あなたか明成さんが関与しなくてはできなかった、ということです。サイドボードの裏に鍵が落ちたことを知っている人間は、お二人だけなんですから。たまたま誰かがサイドボードを動かし、鍵を見つけたのなら、すぐあなたかご主人に渡すはずだし。――ここまでは同意していただけますね？」

妃沙子はイエスともノーとも答えず、唇を歪めた。

「第三の鍵をサイドボードの裏から回収していたとしても、私か主人が関与していたとしても、事件当時、誰がそれを持っていたかは特定できません。そうでしょう？」

「ええ、できませんね」

「それに……。おかしな点が多すぎて、どこから言えばいいか迷うわ。先生は、私が加藤に鍵を拾わせたと決めつけていますが、どうしてそんなことをしたんでしょう？」

「その場にいなかったので、どんな口実で彼を動かしたのかは判りません。ごくごく当たり前に『鍵が落ちたの。拾って』だったのかもしれないし、あなたたちが進めようとした計画の一端として回収を命じたのかもしれない」

「計画って何です？」

「よからぬ計画です。睡眠薬入りのワインとも関係している」

「彼がどうしてあんなものを送ってきたのかは謎ですけれど……。『あなたたちが進めようとした計画』ということは、私も共犯なんですか？」

「そう。ワインを飲んで昏睡に陥ったのは、明成さんだけ。あなたは飲むふりをしただけだ。ご主人を眠らせておいて、悪事を働こうとした。おっと、突っかかるのは待ってください。あなたたちは、グルになって犯罪を行なったわけではありません。そんな誤解はしていませんよ。あなたは、彼が罪を犯すのを阻止したんです。胸板に銃弾を二発撃ち込むという非常手段をもってね」

もはや妃沙子は冷静ではない。膝の上で、複雑にからませた指をせわしなく組み替えている。

「可愛いあの子に、そんな酷《ひど》いことをするはずがありません。私を侮辱なさるんですか？」

「言葉に気をつけたつもりなんですが。彼が罪を犯すのを阻止しただなんて、きれいすぎたかもしれない。つまるところ、あなたはご自身の幸福を守ろうとしたのだから」

「よからぬ計画の中身が伺いたいわ。教えていただきましょう。加藤が犯そうとした罪とは、いったい何ですか？」

「設楽明成さんの殺害です」

妃沙子の指が止まった。静寂はなお深まり、時計の音がいやに大きく聞こえる。

「夫を愛するあなたが、そんな邪悪な計画を立てるわけがない。立案者は加藤さんです。あろうことか彼は、それをあなたに持ちかけた」

「何故。そんな――」

「明成さんの死は、彼にとって望ましいことでした。あなたの伴侶がいなくなれば、キラキラと輝くような時間を取り戻せる。昔のように仲間たちと集まって、あなたを囲んで暮らせる。そんな白昼夢を見て、魔に捉われてしまった。設楽明成に殺意を抱くに至ったんです」

「呆れた。仮定の話にしても乱暴すぎます。あの子は、私にとって主人がかけがえのない大切な人だと知っていました。私を慕う彼が、主人を殺そうとするはずがありません。それに、もし万が一、彼がそんな恐ろしいことを言いだしたなら、私は言葉でもって止めました。それが無理なら警察に相談することもできたんです。主人を守るためにあの子を殺しただなんて、どうしてそんな極端なことを思いつくのやら。先生の頭の構造が判りません。そこまで不自然な物語をこしらえないと、私があの子を殺す動機がない、ということですね？」

「はい」

あっさり火村が認めたものだから、妃沙子は面喰らっていた。

「とんでもない人」

火村はちらりと私を見たが、コメントすることはない。私は自らの気配すら消して、ことの行く末を見つめていたかった。

「異様な動機と言えますが――正直なところ、しゃべっていて私も心許《こころもと》ないんです。空想的だとも思います。どうにかして捻り出した動機なんですよ」

「そこまでして……」

「あなたを犯人にしたい、と思っています。あなたしかいないんですよ。車椅子から離れられない人が、どうやって拳銃を手にできたのかが不思議でしたが、それも加藤さんが調達してきたと考えれば問題でなくなる。その拳銃こそ、明成さん殺害のために用意されたものです」

「それを私が奪って、彼を撃ったと？」

「離れに誘い込んで、至近距離から二発。明成さんは昏睡しており、隣家は遠い。銃声を聞く者はいませんでした。あなたがどんな理由をこしらえて睡眠薬入りワインを発送させたのか判りませんが、その本当の目的は、誰にも知られず邪魔されずに加藤さんを射殺することだったんです」

「私なら、自由自在にあの子を操れた、と言いたいわけですね」

「明成さん殺害を翻意させられないと見たあなたが、うわべだけ計画に乗ったからでしょう。彼は、嬉々として準備を進めた」

「と、妄想なさっているのね」

「あの殺風景な離れが犯行現場に選ばれたのは、必然によるものです。生活の場である母屋は血で汚したくないし、邸内で発砲したら明成さんが目を覚まさないとも限らない。単独での行動に大きな制約を抱えているあなたにとって、あそこぐらいしか犯行の場所はなかったわけだ」

　妃沙子が何か言いかけるが、火村はその間《ま》を与えない。

「離れを現場にすることには、もう一つ利点があった。うまくやれば加藤さんにストーキングをしていた汐野亜美さんに疑いの目を向けさせることができる、ということです。彼女は、複製不可能な鍵の一つを持っていました。それも、ただスペアを持っていたというだけじゃない。第三の鍵はサイドボードの裏で、そのことを知っているあなたたち夫妻は昏睡中ということにしておいた上、第一の鍵を被害者のポケットに入れておけば、事件があった時、彼女が持つ第二の鍵だけが使用可能だったことになる」

「おお、ひどい罠ですね」

「これを考えついたのが加藤さんだったのか、あなただったのかについては、迷うところです」

　妃沙子は、小さく吐息をついた。

「では、教えてあげます。火村先生、あなたですよ」

　彼女の逆襲が始まる。

「車椅子に縛られた私を、よくも器用に殺人犯にしてくれましたね。無理に無理を重ねた積み木の塔みたいな憶測ではありませんか。加藤が、せっせと自分が殺されるお膳立てをしただなんて、馬鹿らしい。二年半前の先生は、剃刀《かみそり》のように鋭い推理を披露したというのに、どうなってしまったんですか？　まるで別人です。空想を並べるだけで、微塵も説得力がありません。あれもこれも加藤がやったと言いますけれど、そんなの証明のしようがない。あなたの能力を高く評価している警察だって、そんな話を聞かされたら嘆きますよ。私、さっき言いましたね。『事件当時、誰がそれを持っていたかは特定できません』と。先生も『できませんね』とおっしゃった。それなのに、どうして私を犯人だと考えるんですか？」

「窓ガラスが割れていたからです」

「わけの判らないことを！」

自分がしたことを忘れているはずがないから、彼女の苛立ちはポーズだ。そうでなければ、推理の切っ先が喉元へ迫ってくる恐怖のせいだろう。

「窓ガラスが割れていなければ、私は立往生するしかなかった。第三の鍵が使われたのは確実だとしても、あなたが言うとおりそれが誰の手中にあるのか特定しようがないためです。しかし、ガラスは派手に割れていた。あの窓だけ地震の揺れが砕いたわけはないから、もちろん犯人が割ったんです。何故そんなことをしたんでしょうね。その答えは、当時の模様を思い描けば、おのずと明らかになる」

ここで火村は、事件の再現を試みる。

「あの日、あなたと加藤さんは示し合わせ、明成さんが睡眠薬で眠っている間に、離れで密かに会った。加藤さんが調達してきた拳銃を受け取り、試射することにでもなっていたのかな。ともあれ、彼に命じて事前にサイドボードの裏から回収していた鍵を懐《ふところ》にして離れに入り、拳銃があなたの手に渡った次の瞬間、彼が想像だにしていなかったことが起きる。明成さんを殺めるための道具が自分に向けられて、火を噴いたのです。車椅子に座っていようと、すぐそばに立った人間を射つのは容易なことだ。胸に二発被弾した彼はほとんど即死で、窓の下にばたりと倒れる。オーケー。あなたは拳銃を携え、汐野さんに容疑を誘導すべく施錠してから離れを出ました。拳銃を現場に転がしておかなかったのは、二階の窓から裏の池に投げ捨てるためでしょう。すべては計画どおり。ところが、明成さんが眠っているこの部屋に上がり、用ずみの鍵をサイドボードの裏に落として、凶器を処分するまでの間に、予想できなかった事が出来《しゅったい》する。——地震です」

震度6弱の揺れに、驚倒したことだろう。それが殺人の直後であれば、どれほどの衝撃だったことか。

「場合が場合ですから、この世の終わりかとばかりに驚かれたでしょうね。しかし、頭脳明晰にして狷介《けんかい》なあなたは、すぐに立ち直り、計画が破綻したかもしれない、と考えた。汐野さんに濡《ぬ》れ衣《ぎぬ》を着せようとしたのは、彼女がコンビニで夜勤をしているため、午後早い時間にはまだ寝ているであろう、と見込んだからです。ところが、あれだけの地震がきたなら飛び起きるに違いないし、近所の住人と接触したり、知人に連絡を取るかもしれず、それどころか怪我をして病院に担ぎ込まれるかもしれない。そうなればアリバイができてしまい、偽装工作は無駄になる。いや、それどころか他の鍵が使われたことが判明するから、自分や夫にとって非常にまずい。自らが掘った穴に転落しかねないことに、あなたは気づいた」

「そこまで機転が利きませんよ、私は」

拗ねたように言う妃沙子だったが、火村は「ご謙遜を」と返す。

「離れの鍵を掛けたままではまずい、とあなたは察した。当初の計画は潰《つい》えるが、ドアを開けたままにしておかなくては。そうすれば、加藤さんは空き巣か強盗に入ろうとしていた賊とたまたま鉢合わせし、悲運にも撃たれてしまった、と警察が捜査を誤る可能性を残せる。正しい状況判断です。もしそれを悪魔が見ていたら、『よく気がついた』と拍手したことでしょう。しかし、行動を起こそうとして、再び愕然としたはずです。地震は、執拗にあなたの妨害をしました。離れに戻って、解錠する。たったそれだけのことが、あなたにはできなくなった！」

停電したからだ。エレベーターが止まり、彼女は階下に下りる手段をなくした。

「下りられないからといって、電話で助けを呼ぶわけにもいかない。離れが施錠されたままにしてはおけない。どうしよう、と焦ったでしょうね。どれだけ考えた末なのか、あなたは打開策を見つける。離れの窓ガラスを割り、そこから犯人が出ていったことにすればいい、と。不自然さが伴ったとしても、そうするしか手はない。ガラスを割るだけならば、二階のこの部屋からでもできます。その際、賢明なあなたは適当な品物を投げつけたりはしませんでした。そんなことをしたら、おかしなものが犯行現場に飛び込み、怪しくて仕方がない。

だから、拳銃に残っていた銃弾でガラスを割ったんでしょう」

コンクリートの壁についていた瑕。あれは狙いをそれた弾の痕《あと》ではなく、母屋の二階から発射されてできたのだ。

「それからあなたは、拳銃を同じ窓めがけて投げ、離れに戻した。池に棄ててもいいのに、どうしてわざわざ現場に戻したのかについても、見当はつく。離れの窓ガラスは薄いものですから、弾痕を穿《うが》つだけでなく、割れて砕けてくれたらいい。でも、人が出入りするにはまだ割れ方が足りなかったのではありませんか？　だから、余分なガラスを割ってしまうために拳銃を投げつけたんです。床に落ちて小さな瑕を残したとしても、それで何が判るわけでもないし、安全装置が掛かっていたので暴発の恐れはなかった。加藤さんが調達したのがマカロフで幸いでしたね。トカレフなら安全装置がついていなかった」

幸いでした、というのも変だ。すべては露見し、妃沙子は追い詰められつつある。

「車椅子に座ったままの私に、そんなことができるでしょうか？　うまく窓にぶつけられそうにないわ」

火村は、右手を開いて突き出す。

「たったの五メートルです。不可能な話ではない。それに、もしも狙いがそれて拳銃が窓の外に落ちてしまったとしても、致命的なミスにはなりません。慌てた犯人が落としていったとも取れます」

妃沙子が黙ったので、彼は続ける。

「離れには、窓が二つありますが、どちらを割ってもいいというものではありません。割るのは、絶対に奥の窓でなくてはならなかった。あなたは、ちゃんとその点にも留意していましたね。うっかり入口に近い窓を割っていたら、遺体の上にガラス片が飛散してしまう。それがどれほど不自然な状況か、子供にだって判ります。何者かが加藤さんを射殺した後、理由はよく判らないながらガラスが割れた窓から逃げた、と思ってもらえなくなる。遺体という邪魔ものが横たわっているのに、そのすぐ上の窓から出ようとするのは不自然すぎますからね。犯人が侵入の際にガラスを割った、とも思ってもらえない。それでは遺体の上にガラス片が散っているのに矛盾する。あなたは、そんな落し穴も見事に看破したからこそ、離れの奥にあるもう一つの窓を破ったわけです」

こくりと頷きかけ、彼女はからくも思い止まった。のみならず、まだ抵抗する。

「お利口な犯人ですこと。でも、先生は大きな勘違いをしていませんか？　針の穴に駱駝《らくだ》を通すような推理をせず、もっとシンプルに考えればいい。犯人は、奥の窓ガラスを破って侵入し、加藤がくるのを待っていたんですよ。どういう人物なのかは知りませんけれどね。そして、あの子を撃った後、入ってきた窓から脱出する。入口から逃げればよさそうなものだけれど、あの子が施錠してしまっていた。慌てた犯人は、上着のポケットに入っている鍵を捜し出せなかったんでしょう。これで、どう？」

火村は、冷たくかぶりを振った。

「あなたに残された言い逃れは、それぐらいですか。駄目ですよ。それはない」

「何故？」と妃沙子の語気は荒くなる。「割れた窓のすぐ下には、整理棚がありましたよ。あれがちょうどいい足場になるじゃありませんか」

「その整理棚の上に、段ボール箱がのっていましたね」

「……ええ」

彼女の表情が曇る。不吉な予感に襲われたか。

「犯人が窓ガラスを破って侵入しようとしたら、整理棚の上にのったその箱を足場にしなくてはならなかったはずです。しかし、それができなかった。——あの箱の中身を覚えていますか？　事件の後、捜査員からお聞きになっているはずですが、確認しましょう」彼はメモも見ずに、「道路地図帳が一冊。古雑誌が十冊。カタログが一冊。灰皿、百円ライター、ダンベルが一つずつ。中身はこれだけで、箱は半分ほどしか埋まっていなかった。そしてガムテープで封がしてあったわけですが、さて、そんな箱を足場にしようとしたら、どうなります？　体重をかけるなり踏み抜いてしまうでしょう。ところが、現場にあった箱は、そうなっていませんでした。救急隊員が窓から突入する際、足場にしようとして思い止まったおかげだ。いったん足を置いたものの、具合がよくないのに気づき、箱を床に下ろしてから入ったんです」

その様子を後方から見ていた日下部がそう証言しただけでなく、隊員本人にも会って確認している。

事件の翌日、妃沙子と会う前に現場を見た火村は、段ボール箱にガムテープで封がしてあったと聞いて、訝《いぶか》しげだった。その時点で強い違和感を覚えていたのだ。

箱をどけて整理棚にのり、外へ出てからもとに戻したのでもない。そんなことはゴリラより長い腕を持っていなくてはできないし、できたとしても、逃走しようとしているのにそんな面倒なことをするわけがない。

「理解してもらえましたか？　犯人は、いや何者も、あの割れた窓から出入りしていないんです。犯人は、鍵を使ってドアから出入りしている。使われたのは、第三の鍵です」

妃沙子は蒼《あお》ざめている。

「その鍵を誰が持っていたのか特定はできまい、と言いましたね。それはそのとおり。しかし、窓ガラスを割らなくてはならなかったのは、設楽妃沙子さん、あなただけなんですよ。あなたが犯人だから、現場はあのようになった」

沈黙の果てに、彼女はこぼす。

「……なんて不思議な推理でしょう」目が虚《うつ》ろだった。「砂の上に築かれた楼閣なのに、ちゃんと建っているように見える。建つわけないのに。あなたは、どこからでも、どうやってでも、解いてしまうんですね」

私は、ここで初めて口を開いた。

「それは自白と受け取ってよろしいですか？」

彼女はこちらを向くが、何も言わない。否定しないだけで肯定と解釈してよさそうだが、はいと答えて欲しい。

私の口から言葉が堰《せき》を切って迸《ほとばし》った。

「ご主人がいなくなれば、昔のように仲間たちとあなたを囲んだ楽しい生活を取り戻せる。加藤さんはそう望んで、あなたに明成さん殺害を持ちかけたんでしょう。愛する夫を殺すなど、あなたには思いも寄らないことなのに、その心を彼は知らない。狂気に近い心理から生まれた計画です。

〈奥様となった妃沙子さんは今のところ幸せそうだが、そのうち女好きの旦那が本性を出すだろう。妃沙子さんが悲しむ前に、やってしまおう。旦那が死ねば多額の遺産や保険金が入り、妃沙子さんは以前の豊かさを取り戻せる。いいことずくめではないか〉などと思ったかもしれない。あるいは〈そもそも旦那は、妃沙子さんが経済的に困っていたのに付け込んで結婚を迫り、妃沙子さんは自分をごまかしつつ彼を受け容れたのかもしれない。だったら、解放して差し上げなくては〉。そんなふうに自分に言い聞かせ、狂気が育っていったのかも。

加藤さんの暴走を阻止できないと思ったあなたは、適当に話を合わせつつ、彼を葬る計画を練った。警察に相談しても安心できないし、彼が微罪で逮捕されたとしても、じきに舞い戻って脅威になると恐れたんでしょう。愛する明成さんを確実に守るため、加藤さんには死んでもらうしかなかった。異様で空想的だ、とあなたは火村に反駁《はんぱく》しましたが、実は、その部分だけは私が考えたことです。いかにも三文小説家らしい出鱈目《でたらめ》だ、と嗤《わら》いますか？　でも、私は大真面目です。火村とやり合うあなたをずっと見ていました。そうしたら、自分の仮説はかなり真実に近いのではないか、と感じるようになりました。二年半前の事件を蒸し返して申し訳ありませんが、あの時も思った。あなた自身お認めになった心の歪みは、それだけでは個性にすぎないけれど、時に周囲の人間の心を決定的に歪ませるのかもしれません」

言いすぎた、と思ったが、妃沙子はなお黙して語らなかった。私など眼中になく、これから取るべき道を思案しているのだろう。

「明成さんが帰ってくるまでに、まだ時間がある」火村は静かに言う。「私の推理が的はずれならば、笑い話にすればいい。しかし、もしそうでなければ、帰ってきたご主人にありのままを話してくれますね？　返事はいらない。あなたを信じます。早まったりしないということも」

時計を一瞥して、火村は立った。私も腰を上げる。

と、妃沙子はゆっくり右手を持ち上げ、目の高さで止める。その手は、透明な何かを握っていた。

「猿の手。アレを燃やす前に、お祈りしたんです。最後の願い。どうか私を明成さんと結婚させて、と」

その願いはかなった。しかし、呪いも発動して、こんな悲劇に見舞われた、と悔いているのか。

「いいえ、アレのせいなんかじゃない。私のせいなんですね。でも、何が私の罪なんでしょう？　どこからどこまでが……」

「私には答えられません。あなたが考えてください」

幻を掲げたままの妃沙子を残して、私たちは去る。事件を解決させた達成感も爽快感もなかった。

外に出てみると、風が冷たい。ベンツに乗り込む前に、火村は煙草をくわえたが、ライターを取り出したところで携帯電話が鳴った。火の点いていないキャメルを指に挟んで出る。

――もしもし、高柳です。

声が洩れ聞こえた。

「火村です。何でしょうか？」

――結婚前に設楽妃沙子が部屋を借りていたマンションに聞き込みにいった森下君が、興味深いことを摑みました。被害者の加藤は、以前に借りていた部屋が空いていないか問い合せていたそうです。そこがふさがっているなら同じタイプの部屋でもいい、と言って。これ、何か事件に関係しているような気がするんですけれど。

「ありそうだ」

——えっ、そう思われますか？

電話の声が明るくなる。

「あるように思いますよ。事件の解決は近いかもしれません」

加藤は、妃沙子が大金と自由を取り戻した後、かつての夢の巣に戻るための下調べをしていたということか。昔の仲間を呼び戻すつもりだったのか、妃沙子を独占して二人だけで暮らすつもりだったのか——質そうにも、彼はもういない。

——先生、今どこにおいでですか？　できれば今夜の捜査会議にご出席いただきたい、と主任が希望しているんですが。

「出ます」と答えてから「ところで、お酒は飲める方ですか、コマチさん？」

——かなり。って何の話でしょう？

「近いうちにギリシャの酒でも酌《く》み交わしましょう」

いきなり謎掛けのようなことを言う。おそらくわけが判らないまま、はい、とコマチ刑事は答えていた。

電話を切るなり、火村は深い吐息をつく。

「迷ったんだよ。推理したことを妃沙子本人にぶつけるか、旦那に話して説得してもらうか。

一日考えた。どうしてあんなに迷ったんだろうな」

「俺に訊くなよ。お前のデリケートな部分が悩んだんやから、答えられん」

彼は少しだけ笑ってから、真顔になって言う。

「加藤廉に関するお前の洞察を、彼女は否定しなかった。脱帽するよ。おそらく彼女は、それに参ったのさ。——淋しがりが群れて、何がそんなに楽しかったんだろうな」

風の中に、彼らと彼女の笑い声が聞こえた。これは、淋しい者たちをあやす揺り籠で開かれた連日連夜のパーティ。過去からの遠いざわめきか。妃沙子が猿の手を取り出して、怪しげな来歴を話している。

しかし、そんな幻聴はじきに消え、火村は煙草を吸い終えた。

「どこへ行く?」

エンジンキーを捻った彼に訊いても、すぐには答えない。

「少し時間を潰してから、本部へ」

それだけ言って、口を噤んだ。

沈黙を払うためラジオのスイッチを入れてみると、流れてきたのはファドだった。奇遇と言うべきか、二年半前の事件が解決した後も、こんな哀歌を聴いた。決着がついたのだな、と思った。

歌は盛り上がり、私たちは妃沙子が愛した男の車とすれ違う。

解説

西澤保彦《にしざわやすひこ》
（作家）

改めて指摘するのも気恥ずかしいくらい当然すぎることだけれども、文学作品にとってそのタイトルの持つ意味と役割は極めて重要である。

むろん文学に限った話ではない。絵画、音楽、舞台、映像、コミックなどあらゆる創作芸術全般においても同様であろうが、本稿では活字表現、特に詩作や戯作などを除く、小説形態に論点を絞って筆を進めてゆく。

タイトルとは、言うまでもなく読者がいちばん最初に得る、その小説に関する〈情報〉である。抽象性、象徴性、批評性、風刺性、諧謔《かいぎゃく》性、総括性など多種多様のイマジネーションを喚起することで、作品世界へと誘うスプリングボードの役割を果たす。むろんこれは書籍購買意欲の刺激という、商業ベースでの機能性をも含めての話である。

かつて中島梓《なかじまあずさ》が（著書『文学の輪郭』のなかでだったと思うが、もしも記憶違いだったらご容赦《ようしゃ》ください）喝破《かっぱ》したように、内容やクオリティに対する評価よりも先《ま》ず、その作者のプロフィールの特異性、娯楽性がアピールされてこそ同時代の文芸作品は広く大衆性を獲得するという側面が、もしも小さくないのだとすれば、前掲のスプリングボード機能を果たすのは、書名よりもむしろ著者名のほうなのではないか、との議論の余地は当然あるだろう。が、本稿ではその点に関しては、特に論考しないでおく。

本文読了後もタイトルは、内包するシンボリズムやダブルミーニングなど、暗示と解釈を促《うなが》す視点を、読書中とはまったく別角度から読者へ提供することにより、その重要性を増す。タイトルを振り返ることで立ち上がってくる、文学的興奮という名の意味。適切な譬《たと》えかどうか判らないが、それはさながらアントレにワインを合わせるマリアージュによって生まれる、新たな旨味《うまみ》、といったところか。

ワインついでに、前述のスプリングボード機能に絡《から》めて言えば、タイトルとは小説というコース料理にとって、〈食前酒〉であると同時に〈食後酒〉でもある、という比喩も成立しそうだ。タイトルとは単なるラベリングに留まらず、作品の一部、いや、作品そのものであると考えても、あながち的外れではあるまい。

当然ながら同じ小説でも、ジャンルの先鋭化に伴《ともな》い、そのタイトルの機能性も細かく枝分かれし、特殊化されてゆく。ミステリ、特にそのなかでもレトリカルな手続による謎解きに眼目を置く、いわゆるパズラー系の本格ミステリの場合、〈食前酒〉で如何《いか》に客の五感を幻惑できるかで、コース料理の価値は決まる。換言すれば、タイトルそのものが内容全体のミスディレクションになっていて、読者は本を手に取ったその瞬間から作者の術中に陥《おちい》ってしまう、そういう段取りが、シェフとしては理想形なわけである。

いわゆるネタバレになりかねないため、その具体的な実例をここで列挙できないのが残念だが、個人的にわたしがこのミスディレクション機能タイプの〈食前酒〉の最高傑作だと思っているのはかの鮎川哲也《あゆかわてつや》の某作のタイトルで、その詳細を『鮎川哲也読本』（原書房）に寄稿した拙文で述べている、と記すに留めておこう。興味のおありの向きはぜひご覧になってみてください。ただし、しっかりと該当作品のネタバレをやらかしておりますので、くれぐれもご注意のほどを。

さて、本作のタイトル『妃《きさき》は船を沈める』であるが、本格ミステリとしてこれは、なかなか強烈な味わいの〈食前酒〉だと思うのだが、如何《いかが》だろうか。なにしろ冒頭、いきなり「妃」と綽名《あだな》される女が登場してきて、それが「船を沈める」というのだから、これはもう、実行役なのか黒幕なのかはともかく、彼女が犯人側の人間であることは明らかだ。

さらに念の入ったことに、親本の四六判の帯のキャッチは「罪深きもの。汝の名は、そう、女。」だし、ノベルス版は「彼女は、蕩《とろ》けるような暗闇を、孕《はら》んでいた。」（「臨床犯罪学者・火村英生、かつてない強敵と対峙す！」というリードは両者共通）と煽《あお》りまくり。これでもしも「妃」こと三松妃沙子《みまつひさこ》が実は事件とはまったく無関係だったのでした、なんて結末になろうものなら、そっちのほうがよっぽど驚天動地です。

初読時、またずいぶんと大胆不敵なタイトルを付けたものだなあ、と感じ入った覚えがある。しかし、まてよと、わたし、読み進める手を止め、考えました。まて待て、これはあの有栖川有栖の火村英生シリーズの一編なのである。本格ミステリなのである。

本格ミステリとは当然ながら、ロジックによる謎解きの過程こそが肝《きも》であり、解明に至る伏線の張り方が作者の腕の見せどころとなる。その伏線を、なるべく目立たぬよう隠そうかくそうと足掻《あが》くのは、さほどの手練《てだ》れとは言えない。むしろ、どれだけ際どく手の内を堂々と晒《さら》せるかが勝負で、伏線の呈示は大胆であればあるほど効果的な罠《わな》となる。あの「本格の申し子」「パズラーの守護神」(©千街晶之《せんがいあきゆき》)たる有栖川有栖が、そんな真理をわきまえていないわけがない。「妃」が犯人側の人間であることは、まずまちがいないとしても、ただそれだけでは終わるまい。なにか仕掛けがあるに違いない。よし、どんな凝った趣向か知らないが、必ず見破ってやるぞと鼻息も荒く、改めて読み進め始めたのだが、ここで賢明なる読者諸氏はお気づきのことでしょう。そう。この時点ですでに、わたしはすっかり作者の術中に陥ってしまっていたのです。

一読、し、しまったあ、と天を仰いでしまった。わたしがなによりも「やられた」と唸《うな》ったポイントは、本作の二部構成にある。三松妃沙子という共通のキャラクターが登場しながらも、幕間を挟んでそれぞれ独立した事件を扱っているのには実は、ちゃんとわけがある。巧妙な企みが隠されていたのだ。

なんとかネタバレにならない範囲で、わたしが味わった衝撃の説明を試みてみよう。とはいえ、読みようによっては、おぼろげながら核心の輪郭が見えてしまうかもしれないので、なんの先入観もなく『妃は船を沈める』を楽しみたいという本文未読の方々は以下、＊から＊の部分を無視してください。

＊

第一部「猿の左手」を読みながら、わたしはある疑念と推論に基づく、ひとつの仮説をたてていた。それを便宜上「仮説A」としておこう。

作中、火村がウィリアム・W・ジェイコブズの『猿の手』の解釈を披露した段階で、わたしはまだ、自分の「仮説A」が正解に落ち着くだろうと考えていた。ところが、これが大はずれ。いずれも大はずれ。え。え。え？　そ、そうか、そっち、だったのか。うーむ。見事に足をすくわれ、ちょっと焦《あせ》る。

幕間を挟んで、第二部「残酷な揺り籠」を読み始めた時点で、はたして再登場するキャラクターはほんとうに三松妃沙子なのだろうか、と（ある理由から）わたしは少なからず怪しんでいた。もしも（表面上）再登場するのが彼女ではなく、第一部の主要キャラの別人だった場合、結末は「仮説B」となる。三松妃沙子が再登場するのなら、おそらく今度こそ「仮説A」だろう、という具合に、自分なりに推理しながら読み進める。

さあ、三松妃沙子、再登場である。ということは結末は「仮説A」だな、と。そう確信したとき、わたしは「仮説B」のことをすっかり失念していた。無意識に、それだけはもうないだろう、と決めつけていたのだ。その理由は〈食前酒〉にすっかり眩惑《げんわく》されていたことと、あまり詳しくは書けないが、二部構成による「残酷な揺り籠」の、第一部との有機的結合（というよりむしろ、乖離《かいり》と称すべきかもしれないと、語義矛盾《むじゅん》を承知で敢《あ》えて付記しておく）により発生するシチュエーション自体が「仮説B」の可能性を根底から否定する（ように見える）ものだったからだ。ところが。

解明部分で思わず「し、しまった」と声が出た。「やられたあッ」と叫んじまいましたよ。真相はなんと、ほぼ「仮説B」に近いものだったのだ。しかも一見その可能性を否定していたはずの要因こそ、実は「仮説B」というストーリーを成立させるための必要条件だったという、悪魔の如き逆説付き！

＊

かようにわたしが完膚《かんぷ》なきまでに「やられて」しまった主な要因は、やはり〈食前酒〉、『妃は船を沈める』という秀逸なタイトルだったと思う。ひょっとして作者、自らネタバレしてんの？　と不安になってしまうほど、本格ミステリ作品としては大胆不敵、かつ挑発的なタイトル。そう。


あえなく挑発に乗ってしまったわたしは、まだ一ページも読んでいない段階で、内容のありとあらゆるパターンの先読みをしてしまうことで、自らミスディレクションの罠に嵌まってしまったのである。

　もしも本作が別々の事件を扱う二部構成ではなく、ストレートな長編だったとしたら、あるいはわたしも途中で自分の先入観と勘違いに気がついていたかもしれない。完全なる後知恵だが、第一部の推理で外してしまった「推理A」のバリエーションを性懲りもなく第二部でも応用しようとした愚は、やはり二部構成の妙とタイトルの合わせ技に引っかかってしまったからなのだ。まさに一分の隙もない、鉄壁の構成と配置。

　うちのめされた後、改めて口にする〈食後酒〉、その味わいも、また格別であった。

※文庫初刊時の解説を再録いたしました。

有栖川有栖 著作リスト（2023年7月現在）

★…火村英生シリーズ　☆…江神二郎シリーズ
●空閑純シリーズ　▲濱地健三郎シリーズ

〈長編〉

月光ゲーム Yの悲劇'88☆　東京創元社（'89）／創元推理文庫（'94）
孤島パズル☆　東京創元社（'89）／創元推理文庫（'96）
マジックミラー　講談社ノベルス（'90）／講談社文庫（'93、'08）
双頭の悪魔☆　東京創元社（'92）／創元推理文庫（'99）
46番目の密室★　講談社ノベルス（'92）／講談社文庫（'95）
ダリの繭★　角川文庫（'93）／角川書店（'99）
海のある奈良に死す★　双葉社（'95）／角川文庫（'98）
／双葉文庫（'00）
スウェーデン館の謎★　講談社ノベルス（'95）／講談社文庫（'98）
幻想運河　実業之日本社（'96）／講談社ノベルス（'99）
／講談社文庫（'01）／実業之日本社文庫（'17）
朱色の研究★　角川書店（'97）／角川文庫（'00）
幽霊刑事《デカ》　講談社（'00）／講談社ノベルス（'02）／講談社文庫（'03）
／幻冬舎文庫（'18）
マレー鉄道の謎★　講談社ノベルス（'02）／講談社文庫（'05）
虹果て村の秘密（ジュヴナイル）　講談社ミステリーランド（'03）
／講談社ノベルス（'12）／講談社文庫（'13）
乱鴉《らんあ》の島　新潮社（'06）／講談社ノベルス（'08）／新潮文庫（'10）
女王国の城☆　創元クライム・クラブ（'07）／創元推理文庫（'11）
妃は船を沈める★　光文社（'08）／光文社カッパ・ノベルス（'10）
／光文社文庫（'12）／光文社文庫（'23新装版）
闇の喇叭●　理論社（'10）／講談社（'11）／講談社ノベルス（'13）
／講談社文庫（'14）
真夜中の探偵●　講談社（'11）／講談社ノベルス（'13）
／講談社文庫（'14）
論理爆弾●　講談社（'12）／講談社ノベルス（'14）／講談社文庫（'15）
鍵の掛かった男★　幻冬舎（'15）／幻冬舎文庫（'17）
狩人の悪夢★　KADOKAWA（'17）／角川文庫（'19）
インド倶楽部の謎★　講談社ノベルス（'18）／講談社文庫（'20）

捜査線上の夕映え★　文藝春秋('22)

〈中編〉
まほろ市の殺人 冬　蜃気楼に手を振る　祥伝社文庫('02)

〈短編集〉
ロシア紅茶の謎★　講談社ノベルス('94)／講談社文庫('97)
山伏地蔵坊の放浪　東京創元社('96)／創元推理文庫('02)
／角川ビーンズ文庫('12)
ブラジル蝶の謎★　講談社ノベルス('96)／講談社文庫('99)
英国庭園の謎★　講談社ノベルス('97)／講談社文庫('00)
ジュリエットの悲鳴　実業之日本社('98)
／実業之日本社ジョイ・ノベルス('00)／角川文庫('01)
／実業之日本社文庫('17)
ペルシャ猫の謎★　講談社ノベルス('99)／講談社文庫('02)
暗い宿★　角川書店('01)／角川文庫('03)
作家小説　幻冬舎('01)／幻冬舎ノベルス('03)／幻冬舎文庫('04)
絶叫城殺人事件★　新潮社('01)／新潮文庫('04)
スイス時計の謎★　講談社ノベルス('03)／講談社文庫('06)
白い兎が逃げる★　光文社カッパ・ノベルス('03)／光文社文庫('07)
／光文社文庫('23 新装版)
モロッコ水晶の謎★　講談社ノベルス('05)／講談社文庫('08)
動物園の暗号★☆　岩崎書店('06)
壁抜け男の謎　角川書店('08)／角川文庫('11)
火村英生に捧げる犯罪★　文藝春秋('08)／文春文庫('11)
赤い月、廃駅の上に　メディアファクトリー('09)／角川文庫('12)
長い廊下がある家★　光文社('10)／光文社カッパ・ノベルス('12)
／光文社文庫('13)
高原のフーダニット★　徳間書店('12)／徳間文庫('14)
江神二郎の洞察☆　創元クライム・クラブ('12)
／創元推理文庫('17)
幻《まぼろし》坂《ざか》　メディアファクトリー('13)／角川文庫('16)
菩提樹荘の殺人★　文藝春秋('13)／文春文庫('16)
臨床犯罪学者・火村英生の推理 密室の研究★

角川ビーンズ文庫('13)
臨床犯罪学者・火村英生の推理 暗号の研究★
角川ビーンズ文庫('14)
臨床犯罪学者・火村英生の推理 アリバイの研究★
角川ビーンズ文庫('14)
怪しい店★ KADOKAWA('14)／角川文庫('16)
濱地健三郎の霊《くしび》なる事件簿▲ KADOKAWA('17)／角川文庫('20)
名探偵傑作短篇集 火村英生篇★ 講談社文庫('17)
こうして誰もいなくなった KADOKAWA('19)／角川文庫('21)
カナダ金貨の謎★ 講談社ノベルス('19)／講談社文庫('21)
濱地健三郎の幽《かくれ》たる事件簿▲ KADOKAWA('20)／角川文庫('23)
濱地健三郎の呪《まじな》える事件簿▲ KADOKAWA('22)

〈エッセイ集〉
有栖の乱読 メディアファクトリー('98)
作家の犯行現場 メディアファクトリー('02)／新潮文庫('05)
迷宮逍遥 角川書店('02)／角川文庫('05)
赤い鳥は館に帰る 講談社('03)
謎は解ける方が魅力的 講談社('05)
正しく時代に遅れるために 講談社('06)
鏡の向こうに落ちてみよう 講談社('08)
有栖川有栖の鉄道ミステリー旅 山と溪谷社('08)／光文社文庫('11)
本格ミステリの王国 講談社('09)
ミステリ国の人々 日本経済新聞出版社('17)
論理仕掛けの奇談 有栖川有栖解説集 KADOKAWA('19)
／角川文庫('22)

〈主な共著・編著〉
有栖川有栖の密室大図鑑 現代書林('99)／新潮文庫('03)
／創元推理文庫('19)
＊有栖川有栖・文／磯田和一・画
有栖川有栖の本格ミステリ・ライブラリー 角川文庫('01)
＊有栖川有栖・編
新本格謎夜会 講談社ノベルス('03)

有栖川有栖の鉄道ミステリ・ライブラリー　角川文庫('04)
＊有栖川有栖・編
大阪探偵団　対談 有栖川有栖 vs 河内厚郎　沖積舎('08)
＊河内厚郎との対談本
密室入門！　メディアファクトリー('08)
／メディアファクトリー新書('11)(密室入門に改題)
＊安井俊夫との共著
図説 密室ミステリの迷宮　洋泉社 MOOK('10)
／洋泉社 MOOK('14 完全版)
＊有栖川有栖・監修
綾辻行人と有栖川有栖のミステリ・ジョッキー①　講談社('08)
綾辻行人と有栖川有栖のミステリ・ジョッキー②　講談社('09)
綾辻行人と有栖川有栖のミステリ・ジョッキー③　講談社('12)
＊綾辻行人との対談＆アンソロジー
小説乃湯　お風呂小説アンソロジー　角川文庫('13)
＊有栖川有栖・編
大阪ラビリンス　新潮文庫('14)
＊有栖川有栖・編
北村薫と有栖川有栖の名作ミステリーきっかけ大図鑑
ヒーロー＆ヒロインと謎を追う！
第１巻 集まれ！　世界の名探偵
第２巻 凍りつく！　怪奇と恐怖
第３巻 みごとに解決！　謎と推理　日本図書センター('16)
＊北村薫との共同監修
おろしてください　岩崎書店('20)
＊市川友章との絵本

【初出】
第一部　猿の左手　　「ジャーロ」二〇〇五年秋号
幕間　　　　　　　　書下ろし
第二部　残酷な揺り籠　「ジャーロ」二〇〇八年冬号、春号

二〇〇八年七月　光文社刊
二〇一〇年九月　カッパ・ノベルス（光文社）刊
二〇一二年四月　光文社文庫刊

光文社文庫

妃《きさき》は船《ふね》を沈《しず》める　新装版

著　者　有《あり》栖《す》川《がわ》有《あり》栖《す》

2023年7月20日　初版1刷発行

発行者　三　宅　貴　久
印　刷　堀　内　印　刷
製　本　ナショナル製本

発行所　株式会社　光　文　社
〒112-8011　東京都文京区音羽1-16-6
電話（03）5395-8147　編　集　部
　　　　　　　8116　書籍販売部
　　　　　　　8125　業　務　部

ISBN978-4-334-79552-8　Printed in Japan

組版　萩原印刷